求婚してくれたのは超人気俳優でした

釘宮つかさ

illustration:
小禄

prism bunko

CONTENTS

求婚してくれたのは超人気俳優でした

＊

「じゃあ……行ってくるね」

靴を履き終えると、長身の男がこちらを振り返った。

スタイリッシュなデザインの広々とした玄関に立つ一条院耀仁《いちじょういんあきひと》の今日の服装は、黒のジャケットにグレーのTシャツ、暗い色のジーンズだ。シンプルな組み合わせが足の長さとスタイルの良さをいっそう際立たせている。

普段、人のいるところを歩くときはサングラスか伊達眼鏡をかけているようだけれど、作り物みたいに整った完璧な容貌は、それぐらいでは隠しようもない。

だが、今その美しい顔に浮かんでいるのは、明らかにどんよりとした表情だった。

日本人離れした容貌を持つ耀仁は、雨宮耀《あまみやよう》という芸名の俳優だ。

彼は生まれ持った顔立ちや恵まれたスタイルの良さだけでなく、演技力の高さにも定評があり、生き馬の目を抜く芸能界でもトップクラスの人気を誇っている。

「行ってらっしゃい。気をつけて」

玄関先まで彼を送りに出た六車冬雪《むぐるまふゆき》は、明るい声を心がけてにっこりした。すると、焦げ茶色の艶やかな髪を無造作にかき上げ、耀仁がこちらに手を伸ばしてきた。

そっと抱き寄せられ、類い稀な美貌が近づいてきて、柔らかいものが唇に触れた。啄むような軽いキスをされたかと思うと、彼の腕の中にぎゅっと抱き締められる。

自分よりも一回り体格の大きな耀仁の熱に包まれて、冬雪は心臓の鼓動が跳ねるのを感じた。

「ああ……行きたくない。本当なら、遅くなってもてっぺんを回る前には帰れるはずだったのに」

冬雪をぎゅうぎゅうと抱き締めたまま、耀仁がぼやく。

他の人の前では漏らさない彼の本音だ。

困り果てた冬雪は、せめても恋人の背中に手を回すとそっと撫でた。

超人気俳優だけあって、耀仁の仕事量は半端なく多い。現在は年明けから放送予定の連続ドラマの撮影真っ最中で、主演の彼は、撮影の合間にCM撮影や衣装合わせ、各種媒体のインタビューなどといった様々な仕事まで詰め込まれているらしい。ここのところは丸一日の休みなど月に一度あるかないかという過密スケジュールで、冬雪は働きすぎな耀仁の体が心配だった。

そんな中、早朝ロケから始まる今日は、彼は朝七時過ぎに家を出て、本来なら夜八時には撮影が終わり、九時には帰宅できる予定だと聞いていた。合間にインタビューが二件入るが、どんなに遅くとも日付が変わる前には終わるから、いつもより早めに帰って、冬雪と少しゆっくり過ごせるはず——だったのだ。

ところが先週、人気上昇中の新人俳優がアルコール中毒で緊急入院した。彼は、耀仁が撮影中のドラマに脇役として出演していた若手俳優だった。

不幸中の幸いで、入院した俳優と耀仁との絡みはほとんどなかった。しかし、代役を入れて出演シーンを撮り直す際に、他のシーンとの兼ね合いのため、耀仁にも一シーンだけ撮り直しが必要になった。それが、ちょうど明け方の時間帯の外撮りだったらしい。

そこで、今夜は耀仁を含めた撮影クルーたちは撮影所の最寄りのホテルに宿泊し、翌朝の撮り直しに備えることになった。

大幅なスケジュール変更がなかったことに、耀仁のマネージャーで、彼のはとこでもある三善《みよし》は安堵していたようだが、耀仁自身はかなり落胆していた。

それは無理もないことだった。

なぜなら、撮影所に入るときにはセリフは完璧に頭に入っていて、ほとんどNGを出さない。そんな彼なら、今日は不測の事態が発生しない限り、予定通り帰宅できただろうから。

ここ二か月ほど、ドラマの撮影スケジュールに追われていたから、今夜は冬雪も張りきって夕食に彼の好物を並べるつもりだった。耀仁はそれをことのほか楽しみにしてくれていたようだ。

「帰りが遅いのは慣れてるけど、都内なのに泊まりとか、必要ないのに」

耀仁は珍しくため息を吐く。監督から、俳優もスタッフも全員宿泊するように厳命されているそうだ。もう放送日まで時間がない。更には、忙しい出演俳優たちの撮り直しのために押さえられた時間は明日だけで、ぜったいにずらすことはできないかららしい。

彼があからさまにしょげている様子を見ると、冬雪も胸が痛んだ。

才能や素質に恵まれたことに驕らず、すべきことはきちんとやって、飲みにも遊びにも行かず淡々と仕事に邁進している。そんな耀仁の、ごくささやかな息抜きの時間すらも潰した脇役俳優が、少々恨めしくすら思えてくる。

「で、でも、撮影所のそばのホテルに泊まれれば、うちに帰るより休む時間が増えますし……」

冬雪は彼を見上げると、できるだけ明るい口調に聞こえるように笑顔で言った。

身長が一九〇センチ近くある長身な彼と、一七〇センチの冬雪とでは頭ひとつ分近くの差がある。彼はほとんど真上を向いている冬雪をじっと見つめてきた。その手が冬雪の髪を優しく撫でる。

「……雪くんは、今夜、一人で平気？」

彼は言外に、『僕がいなくて寂しくない？』と訊ねているようだ。

「はい、大丈夫です。ポメ吉も一緒にいてくれますし」

「アン、アンッ！」

二人の足元に纏わりついていた黒っぽいふわふわの毛玉みたいな小型犬が、『そのとおりです』と主張するように元気に返事をする。この子は耀仁の愛犬であるポメラニアンのポメ吉だ。

ごく普通の愛らしい犬にしか見えないが、実はポメ吉には大きな秘密がある。

ポメ吉は、特殊な家系に生まれた耀仁が作った、彼の式神なのだ。

京都にある耀仁の実家、一条院家は、千年以上前から続く由緒ある家柄である。

その本家は、京都で誰もが知るほど有名な神社に奉仕していて、代々優れた陰陽師を輩出してきた一族だという。現在も祈りを捧げて占術を施し、妖魔や悪霊を祓い、陰陽師としての責務を連綿と受け継いでいる。

耀仁はその末裔として生まれたが、高校時代に祖父と仲違《たが》いをして、陰陽師になるための修行は中断しているらしい。

そのせいか、本来強力な式神となるはずのポメ吉は、主人の力を反映して不完全な存在で、普段はほとんど愛玩犬と変わらない。けれど、冬雪の危機の際には大型犬に変化して守ろうとしてくれたり、耀仁の気持ちが沈んでいるときには、彼自身が表に出さなくともポメ吉が連動してしょんぼりしたりする。

耀仁の支えになりたいと願っているのに、なかなか彼の気持ちを察することができない冬雪にとっては、大変ありがたい存在だ。

それに、たとえ何もできなかったとしてもひたすら愛らしくて、とことこと歩いているのを見るだけでも癒やされる。冬雪は毎日ポメ吉の存在にメロメロだった。

耀仁はそう、と少しだけ安心したみたいに微笑むと、名残惜しそうに体を離した。

「そろそろ三善が着く時間だ」

彼は、いったんしゃがんで今度はポメ吉をわしわしと撫でる。それから、腕時計をちらりと見て、ため息を吐くと立ち上がった。

「明日はかなり遅くなりそうなんだ。合間に時間が取れたらちょっとでもうちに帰りたいけど、無理ならメッセージ送るから」

「わかりました。あの……でも、忙しかったら、無理しないでくださいね」

彼はうんと頷くと、もう一度冬雪の頬に触れてから出かけていった。

オートロックのドアは勝手に鍵がかかる。

冬雪はしばしの間、閉まったドアを見つめていた。

（行っちゃった……）

足元でこちらを見上げたポメ吉が、クーンと寂しそうに鳴く。

しゃがんで抱き上げると、嬉しそうに尻尾をぶんぶんと振ってくれる。可愛らしさに癒やされながら、「ポメ吉も、ご主人様がいないと寂しいのかな」と呟いて、小さな頭を優しく撫でた。

寂しいとか、早く帰ってきてほしいなんて口にすべきではない。

耀仁の仕事にはたくさんの人が関わっている。スポンサーがつき、多額の資金が費やされ、多くの人が作品が公開される日を待ち望んでいる、責任ある仕事なのだから。

――けれど、本音を言えば、耀仁と過ごせなくて残念なのは、もちろん冬雪だって同じだった。


昨年の初夏、職場が急に閉店したことから困窮して、アパートの家賃が払えなくなった冬雪は、無職の上にネットカフェ暮らしというホームレス状態に陥っていた。

そんな、家も定職もない貧乏生活をしていた自分が、住む世界の違う耀仁とまさかの恋人同士になれたのは、あるドラマの日雇いエキストラのアルバイトがきっかけだった。

親に捨てられて養護施設で育った冬雪は、就職先の飲食店が潰れ、その後のバイト先のコンビニまでもがことごとく閉店してしまうほど運がなかった。次第に困窮して、いつしか衣食住あらゆる意味でぎりぎりという生活にまで追い詰められていた。

だが、それには理由があった。

物心つく前からそばにいた黒いもやもやたち——謎の妖魔に憑《つ》かれて、意図的に死なせようと命を狙われていたせいだったのだ。

そんな中でも、ともかく生きなければと必死で仕事を探していた冬雪は、知人の紹介でエキストラとして参加した撮影現場で、俳優・雨宮耀——耀仁と出会った。

世間には伏せていたが、特別な家柄に生まれ、先祖の強力な守護がついている彼は、冬雪に憑いていた大量の妖魔を一瞬で消し去ることができるほどの稀有な血と力の持ち主だった。

耀仁は、そう遠からず命を落としそうなくらいに危険な状況にあった冬雪を、やや強引に安全な自分のマンションに連れ帰った。更には、陰陽師である叔祖父に頼んで、冬雪に憑いている妖魔を祓う方法を模索してくれた。

しかし、見つかったのは、『性行為をすることで大量の気を注ぎ、一時的に守護を与える』という驚きのやり方だった。だが、それ以外に生き延びられる手段はなく、冬雪は納得の上で耀仁に抱かれた。

それは、優しい彼が不幸すぎる自分に同情して、やむを得ずしてくれたことだと思い込んでいたが、耀仁は、冬雪に本気の想いを告白してくれた。

――そうして、紆余曲折の末に、冬雪は耀仁の祖父たち、一条院家の陰陽師に特別な祈祷を施してもらうことができた。長年の間苦しめられてきた妖魔たちから、完全に解放されたのだ。

その後、耀仁との関係は、同情による居候から恋人同士へと変化した。そうして一年以上が経った今も仲良く暮らしている。彼の職業柄、一緒に出かけることも関係を人に伝えることもいっさいできないけれど、冬雪は満たされていた。四六時中命の危険に晒されてきた身にとっては、普通の人たちはこんなに穏やかな日々を送っていたのかと驚くくらいにすべてが幸せだ。

優しくて愛情深い耀仁との生活は温かな幸福に満ちている。毎日冬雪は目覚めて隣で眠る彼の顔を見るたびに、これが夢ならどうかもう少しだけ目覚めずにいたいと祈ってしまう。そして、気づいた耀仁に『夢じゃないよ』と笑って抱き締められる日々を送っているのだった。

膝の上に乗せたポメ吉のふわふわの毛を撫でながら、冬雪はぼんやりと耀仁のことを考えていた。

(戻りは、早くても明日の深夜とすると……一日半くらい会えないのか……)

ごく稀にとはいえ、彼が帰ってこられない夜は寂しくて、冬雪は帰りを今から待ち侘びている。

そろそろ休憩に入っただろうかと思えば、メッセージが来ていないかスマホを確認してしまう。彼が帰ってくる数時間前から夜食のメニューを考えて、帰宅予定の時間が近づけば、玄関のほうを気にしながら過ごすほどだ。

でも、そんな気持ちを彼に吐露することはできなかった。

もし本音を漏らせば、優しい耀仁はきっと自分が忙しすぎることを気に病んでしまうだろう。少しでも早く家に帰ろうとして、ただでさえ時間に追われている彼に、余計な負担を背負わせてしまうかもしれない。

冬雪は耀仁の恋人であると同時に、俳優、雨宮耀のファンでもある。だから、彼の仕事の役に立つことはできなくても、せめて邪魔になるような真似だけはしたくなかった。

ふいに、膝の上のポメ吉がくりくりの真っ黒な目でこちらを見上げてきた。真ん丸な目と笑っているような顔の愛らしさに癒やされて、冬雪が温かな毛玉をそっと抱き締めた——ときだった。

カチッと鍵が開く音がして、いきなりドアが開く。

「え……」

ぽかんとして、しゃがんでポメ吉を抱っこしたまま、冬雪は彼を見上げた。

「あれ、どうしたの？」

どうしたのはこちらのセリフだ。

入ってきたのは、先ほど出かけていったはずの耀仁だった。

冬雪と目が合うと、彼はかすかに目を瞠った。

「ど、どうしたんですか？　あ、何か忘れ物でも……？」

ハッとして訊ねようとすると、耀仁がさっと大股で近づいてくる。

気づけば冬雪は、ポメ吉ごと、膝を突いた彼の腕の中にきつく抱き締められていた。

「……そんな顔するなら、僕の前でしてよ」

耳元に寄せた唇でそう囁かれる。

「雪くん、泣きそうなくらい寂しそうな顔してた」

苦い声で言って、彼は冬雪の頭を胸に抱え込むようにして撫でてきた。二人の間に挟まれたポメ吉がキューンと鳴いてもがく。冬雪が「ごめんね」と言って慌ててポメ吉を床に下ろすと、ご主人様が帰ってきて嬉しいのか、尻尾をフリフリしながら二人の周りを回った。

「……ごめんね、ここのところ留守の時間が長くて」

「い、いえ、違うんです！　その、耀仁さんのせいじゃないですし、大丈夫ですから……！」

必死で言ったけれど、耀仁はすまなそうな表情のままだ。

戻ってきた彼の目に、ドアの前でしゃがみ込み、ポメ吉を抱えたままぼんやりしていた自分がどんなふうに見えたかは想像に難くない。彼が戻ってくるとは思わずに、すっかり気を抜いていた自分を冬雪は悔やんだ。

おろおろしている冬雪を見て、耀仁がなぜか苦笑した。手を伸ばしてきた彼に、そっと髪を撫でられる。

「そんなに心配しなくても、仕事をすっぽかして帰ってきたり、急ぐあまり事故を起こしたりなんかしないよ」

冬雪の考えなど彼にはお見通しらしい。ホッとしていると、彼がふいに真面目な顔になった。

「だから、正直に答えてほしい。もしかして、僕が出かけたあとは、いつもこんなふうにドアの前にいたの？」

そう言われると、頑なにごまかす理由がなくなる。悩みながら、冬雪は口を開く。

「あの……情けないんですけど、俺……耀仁さんがいないと……胸に、穴が開いたみたいになるっていうか」

自分が感じている思いには、ちょうどぴったりくるような言葉がない。

うまく説明できなくて、たどたどしくだけれど、冬雪はせいいっぱい正直な気持ちを彼に伝えようとした。

「でも、今日はちょっと長くぼんやりしちゃってただけで……いつもはもっとすぐに気持ちを切り替えて、掃除したりしてるんです」

そう、と耀仁が頷いた。少し黙ったあとで、彼がぽつりと言った。

「……寂しい思いをさせてごめんね。引退の話をしたからか、社長に仕事を余計に詰められちゃって」

彼はため息を吐く。耀仁は、すでに受けている仕事をすべて終えたら、実家に戻って陰陽師の修行をやり直す予定だ。

冬雪が長年苦しめられてきた妖魔から救われたことで、陰陽師は世の中に必要な仕事だと改めて気づき、家業を継ぐことを考えるようになったらしい。

だが、先々芸能の仕事を引退するために、逆に今、仕事に忙殺される羽目に陥っているというわけだ。

「いくら忙しくても、雪くんにあんな顔させるなんて、僕は恋人失格だよ」

悩ましげに言う彼に、冬雪は仰天してぶるぶると首を横に振った。

「し、失格なんて、そんなことありえません！」

耀仁は身寄りのない冬雪にとって、恋人であり、たった一人の家族でもある。

だから、耀仁がそばにいると嬉しくて心が浮き立ったようになり、出かけていくと気持ちが萎れてしまう。

耀仁は何も持たない冬雪を、かけがえのない宝物のように大切にしてくれる。

だからこそ逆に、冬雪は彼の重荷になりたくなかった。決して耀仁に甘えすぎないように、むしろ、できることなら少しでも彼の支えになれるようにと心に決めていたつもりだ。

――いつもなら、ちゃんと笑顔で送り出し、笑顔で出向かえられるのに。

気づけば、そばで伏せをしたポメ吉は、主人である耀仁と同じように神妙な様子だ。

耀仁にもう一度謝られてしまいそうな空気を感じ、冬雪は慌てて続けた。

「確かに、寂しい気持ちはありますけど、でも、この部屋で待っていたら、耀仁さんは必ず帰ってきてくれるから……、だから、帰りを待っていられる時間も幸せなことだなと思ってるんです」

ふいに彫刻みたいに整った美しい顔が近づいてくる。え、と思うと、背中をぐいと引き寄せられ、唇が深く重なってきた。

「……っ」

膝立ちになった冬雪は、一回り大きな耀仁の体に包み込まれた。やや荒っぽいキスを受け入れると、すぐに熱い舌が啌内に入り込んできて、舌をねっとりと擦られる。

「ん、……ん」

彼の想いを表すかのように、口付けは濃厚だった。逃がさないというみたいにぎゅうぎゅうに抱き締められて、絡めた舌をじゅくっと音を立てて吸い上げられ、背筋を甘い痺れが走る。

熱っぽい口付けと抱擁に、昨夜、彼の長大で硬い楔を最奥まで呑み込まされたときのことを思い出す。苦しいぐらい深くまで繋がって、耳元でたくさんの愛の言葉を囁かれながら、彼が熟知している冬雪のいいところを散々擦られた記憶が蘇る。

まだ少し熱を持っているような体の奥が、じんと甘く疼くのを感じた。

キスを解いた耀仁が、もどかしそうに言う。

「……三善に一時間遅れるって連絡して、このまま、ベッドに連れていきたい」

一瞬、目を丸くしてから、冬雪は思わず微笑んだ。

「耀仁さんは、そんなことする人じゃないです」

「そんなに僕を信頼しきった綺麗な目で見ないでよ。ああでも、雪くんに呆れられたくないから行かなきゃ」

苦しそうに言って、彼は最後に冬雪をぎゅっと抱き締める。名残惜しげにこめかみや耳朶に口付けを落としてから、立ち上がった。

ポメ吉は二人の足元でお利口にきちんとお座りしている。

「あ、そうだ。何を取りに来たんですか？」

冬雪は、彼の忘れ物はなんだったのかを訊こうとした。

「いや、忘れ物じゃないんだ。三善が事故渋滞に引っかかって、少し遅れるっていう連絡が来たから、ええと、待ってる間、ちょっとだけでも雪くんの顔が見たいなと思って」

彼は少し照れたような顔になる。

つまり――耀仁は、ほんのわずかな待ち時間を冬雪と過ごすためだけに、わざわざ戻ってきてくれたようだ。

「なんか、しつこい男でごめん。フロントのソファで台本確認してようかと思ったんだけど、足が勝手に家に戻っちゃったんだ」

「い、いいえ、しつこくないです。……戻ってきてくれて、俺も、嬉しかったから」

もじもじしながら答える顔が、赤くなっていくのを感じる。

そのとき、かすかな振動音が聞こえた。ポケットからスマホを取り出すと、画面を見た耀仁は「三善が着いたみたいだ」と残念そうに言う。

彼が手を伸ばして、冬雪の手を取った。

「……恋人同士になれば、満足するのかと思ってた。でも、同居して、雪くんを独り占めしてるのに、まだ欲しい気持ちが溢れてくる」

口元まで持っていかれた指先に軽く口付けられる。

「朝から晩まで一緒にいたい……自分がこんなに欲深いなんて、雪くんに会ってから初めて知ったよ」

美しい顔をかすかに歪め、切なげに見つめながら言われて、冬雪の心臓はばくばくと激しく鼓動を打ち始めた。

耀仁は愛情表現がストレートで、いつも隠したりもったいぶったりすることなく想いを伝えてくれる。

そのたびに、冬雪は胸の奥のほうがじんわりと温かくなって、これまでの人生では感じたことのない多幸感に包まれる。

耀仁のそばにいると、安堵で満たされて、もうこれ以上は何もいらなくなる。

（……こういうとき、なんて言ったらいいんだろう……）

冬雪もこの上なく大好きだという気持ちを彼に伝えたいけれど、どう言ったらいいのか、喉が詰まって言葉が出てこない。

懐具合も生まれ育ちも、あらゆる意味で、冬雪は彼とはまったく釣り合いが取れない。愛情表現も、溺れそうなくらい愛してくれる耀仁に対して、冬雪が返せることはほんのわずかだ。

でも、自分が相手で申し訳ないとは、もう思わない。

――いつか、彼に飽きられるまでは、そばにいると決めたのだから。

「……美味しいものいっぱい作って、ポメ吉と待ってますね」

せめてもそう言って、冬雪は出かけていく恋人の姿を見送った。

オーブンレンジを開けると、ふわっと甘い香りが漂った。

「うん、なかなかいい感じ」

小さなカボチャのかたちをしたスイーツは綺麗な色に焼き上がっている。嬉しくなって冬雪は頬を緩めた。

耀仁を見送ってから、いつものように家中の掃除を済ませた。あちこちをぴかぴかにしてすっきりしてからキッチンに立ち、冬雪は日課のスイーツ作りに取りかかった。

ここのところあれこれと試しているのは、ハロウィン仕様のスイーツだ。

今日は冷凍カボチャを潰して、砂糖と溶かしバターを混ぜ、小さなカボチャのかたちを作った。取っておいた皮を使って目と口をつければ、可愛いスイーツの完成だ。

冬雪が得意なのは、ぎりぎりの貧乏暮らしの中で培ってきた節約レシピだ。材料を最後まで無駄なく使いきるために、二、三食分を纏めて作り、スーパーやコンビニで手に入るような身近な食材以外は買わないと決めている。

出来上がったスイーツを皿に載せ、スマホで何枚か写真を撮って、画像専門のネット交流サービス《SNS》にアップする。

ふと気づくと、昼寝をしていたはずのポメ吉が足元に寄ってきている。ちょこんとお座りをして見上げてくるつぶらな目に微笑んだ。

「小腹がすいたのかな？　ちょっと待っててね」

冬雪は何か作ったとき、ポメ吉にも同じものを一緒に出すことにしている。今日は混ぜ物をする前のカボチャをポメ吉のおやつ用によけておいたので、それを軽くほぐして小皿に盛って置く。待ちきれない様子でいたポメ吉は、すぐにはぐはぐと大喜びで食べ始めた。

それを眺めながらキッチンの椅子に座り、自分でも完成したスイーツを試食してみる。

(大人用ならこのくらいの味でいいかも……子供向けにはもうちょっと甘いほうがいいな)

雑感をメモしておいて、もう一度改良しようと決めた。


——耀仁と出会ってから、冬雪の人生はあらゆる意味で大きく変化した。

それは、仕事の面でもだ。

彼の家に置いてもらうようになってから、冬雪は毎日食事を作るようになった。

最初、耀仁からは家政婦代わりにするつもりはないよと言われたけれど、冬雪が純粋に料理好きだとわかると自由にさせてくれるようになった。

ネットカフェ暮らしで、自炊したいと切望していた身には、広々としたキッチンで最新型のオーブンレンジと巨大な冷蔵庫を好きに使わせてもらえるなんて夢のようだ。

朝晩の食事に、時間が余ればスイーツまで作ると、耀仁はどれも喜んで綺麗に平らげてくれた。ポメ吉も市販のものより手作りおやつを好んでくれて、俄然作りがいがあった。

しかも、その趣味だった料理が、信じ難いことに、今では仕事の一つになっている。

妖魔からやっと解放されて安全な暮らしを手に入れたあと、冬雪はこれから自分はどうすべきかと悩んだ。

耀仁の守護のもと、数時間なら出かけられるようになって始めたのは、週三日で夕方までの、リハビリテーション病院での調理補助のアルバイトだった。働きやすい職場だけれど、悩みどころは、夕方までの短時間なので、自分の生活費を払えるほどは稼げないことだった。

そもそも耀仁は恋人関係になる前から、冬雪が困ることのないように、『ペットシッター代』という名目で、十分な金額を渡してくれていた。恐縮した冬雪は、必要最低限の額以外は使わないように気をつけてきたが、それでも世話になっている申し訳なさがあった。

その後、想いを確認し合い、恋人関係になってから、耀仁から改めて『生活費はすべて負担するから、できれば自分が帰宅するときには家にいてほしい』と頼まれた。

人気俳優の彼は時間が自由にならない。だから、限られた時間を一緒に過ごそうとするなら自分が合わせるしかないということは納得で、冬雪にも異論はなかった。

だが、いくら俳優の彼の懐が豊かであったとしても、自分はまだ若くて健康だ。

しかも、たびたび将来の話は出ているものの、まだ正式に婚約したわけでもなく、彼とは単なる恋人関係でしかない。

そんな耀仁にそこまで金銭面で甘えるべきではない気がして、冬雪は悩んだ。

どうにかして、調理補助のバイト以外にも、耀仁の帰宅時にはいつも出迎えられるような収入源を見つけられないものかと焦っていたときだった――思いがけない依頼が届いたのは。

『料理本を出しませんか』という出版社からのオファーが次々と届き始めたのは、冬雪がSNSに料理の写真をアップするようになって、しばらくしてからのことだった。

希望通りの仕事が見つからず、冬雪は耀仁の帰宅までの時間を持て余していた。作り置きにも限界があるし、あまり長期で冷凍保存しようとすると味が落ちてしまう。

そんなとき、『せっかくこんなに綺麗に作ったんだから、料理の写真をアップしてみたら？』と耀仁に勧められて、興味が湧いた。

ネットに詳しくない冬雪のために、耀仁がアカウントの開設を請け合ってくれた。すべて任せると、彼はナンパよけのために『恋人と二人暮らし。彼のために作った料理です。性別♂』という、確かに事実だけれどちょっと気恥ずかしいような紹介をプロフィールに書いてしまった。

だが、耀仁の思惑とは裏腹に、料理が得意な男でしかも同性の恋人と同居中、という少々珍しいかもしれない自己紹介文は、老若男女問わず人々の興味を引いてしまったらしい。

どこでも手に入る材料で、できるだけ安く、そして美味しく作れる料理をまめにアップしていくと、じょじょにフォロワーが増えていった。

そうして、開設後三か月も経たないうちに、出版社から料理本出版のオファーが届いたときは目を疑った。

急な展開に戸惑ったものの、『雪くんの料理は世界一美味しいから、ぜったいに出すべきだよ』という耀仁の後押しもあって、冬雪は勇気を出してオファーを受けてみることにした。『素朴な料理が人気の彼ご飯レシピを作る料理研究家、ｙｕｋｉ』として、一冊目の料理本が出版されたのは、今年の春のことだ。

身内に配る用、家に飾る用と、何冊も纏めて予約してくれた耀仁は、『雪くんは可愛いから』と不必要な心配をして、冬雪を表舞台に出すことを危惧していた。冬雪自身も料理を楽しんでもらいたいだけで、自分が目立つことを望んではいなかった。二人の希望もあって、今も冬雪は顔出しをしていない。外部の料理スタジオで担当編集者と打ち合わせをして、調理風景を撮られたときの写真も、写されたのは斜め後ろからの姿や手だけだ。

それでも、冬雪の料理本は驚くほど多くの人に手に取ってもらえた。発売後すぐ二度増刷して担当編集者にも喜んでもらえた上に、印税として、コンビニでバイトをしていたときのなんと三年分の年収が振り込まれたときは仰天したものだ。

だが、そのおかげで、黒いもやもやたちに命を狙われて外に出られなかった間、耀仁が渡してくれていた生活費を返すことができた。彼はいらないよと不満げだったけれど、せめてこれだけはと頼み込んで受け取ってもらった。

それでも印税はまだ十分すぎるくらい残っている。大事に使えば、調理補助のバイトだけでしばらくの間は新たな仕事を探さなくともよさそうだ。

ここのところは人員が足りていることが多く、冬雪は人手が足りないときだけ連絡をもらい、週に一日か二日通う助っ人になっている。

空いた時間を使ってせっせとレシピ作りに励んだ料理本のほうは、もうじき二冊目が出版される予定だ。すでに準備はほぼ終わっていて、今は本を購入してくれた人たちへの礼のため、アレンジレシピを載せた特典のＷｅｂページを準備しているところだった。

今日は他の仕事はない日なので、一日レシピ作りをするつもりでいる。このあとは、子供と一緒に作れる簡単レシピのパンプキンプリンにタルト、パンプキンとチョコの二色クッキーも作る予定だ。

たくさんできたスイーツは、バイト先に差し入れをすれば、いつも皆喜んで持ち帰ってくれる。

耀仁の分は、作った中から一番綺麗にできたものを取っておくことにして、冬雪は更に数種のスイーツ作りに取りかかった。

一年前までは、自分が今みたいな暮らしをしているなんて想像もできなかった。

（こんなにいいことばっかりで、いいのかな……）

すべてが順調すぎて、まるで幸せな夢でも見ているみたいで、なんだか怖いくらいだ。目覚めたらネットカフェで、ほとんど身一つで暮らしていたあの頃に戻っていたら、やはりそうかと納得してしまいそうなくらいに。

芸能界を引退したあと、耀仁が家業を継ぐまでには数年かかる予定だ。修行を終えたら結婚しよう、それまで待っていてほしい、と彼は言ってくれている。

現在は、限られた都道府県のみで同性同士のパートナーシップが許されているが、来年には全国で同性婚が認可される見通しだ。法的にも二人は結婚できる間柄になり、大好きな彼からの求婚に驚きこそすれ、冬雪にはもちろん嬉しさしかなかった。

耀仁は少し前、味方になってくれる叔祖父に『先々は冬雪と結婚するつもりでいる』という意思を伝えたらしい。同時に、同性の冬雪とでは子供ができないので、跡継ぎは分家の者に、とも宣言したそうだ。

その話は、すぐに一条院家の当主である祖父の光延《こうえん》にも伝わるだろう。

(反対されないわけはないと思うけど……)

冬雪は不安だが、耀仁自身は『もし結婚を阻止されたとしても、修行は叔祖父のもとでさせてもらうつもりだし、叔祖父は必ず味方になってくれるからなんの問題もない。心配しなくていいよ』と気にしていない様子だった。

祖父のほうも、たった一人の孫が修行を再開することを切望していたはずだ。

長年の諍いがあり、仲良くするのが難しいのはわかる。けれど、できることなら耀仁には祖父と再び決裂してほしくはなかった。揉め事の原因が自分との関係だとするならなおさらだ。

なんとか揉めずに、うまく折り合いがつくといいのだが。

頭の中で考えながら、冬雪はよく冷やして綺麗に固まったパンプキンプリンを皿に出した。カットしたタルトの皿と並べて、それぞれに牛乳で作ったホイップクリームやアイスをのせてアレンジしてから写真を撮る。

纏わりついてきたポメ吉をかがんで抱き上げる。ふと思いついて、「ちょっとポメ吉も入ってくれる？」と頼んで椅子に乗せると、愛らしい犬はきちんとお座りをして、満面に笑みを浮かべてくれる。

何枚か角度を変えて撮り、確認する。出来たてのスイーツとポメ吉の可愛い写真がいい感じに撮れていて、嬉しくなった。

ポメ吉に礼を言って頭を撫でながら、今の穏やかな暮らしに感謝の気持ちが湧いてくる。

改めて、助けてくれた耀仁と妖魔から解放された日々に幸せを感じた。

終わり間際にアクシデントはあったものの、耀仁の主演ドラマは無事にクランクアップを迎えた。

撮影を終えて帰宅した耀仁は、冬雪が並べた好物を食べながら、「これでようやくスケジュールにも多少の余裕ができそうだよ」とリラックスした様子だった。

明日は朝十時に出ればいいそうで、週末には珍しく連休をもらえたらしい。調理補助の助っ人は土日に呼ばれることはないので、冬雪もレシピ作りの日程を調整すれば休みにできる。

「よかった。じゃあ二人でゆっくり過ごそう」と彼に言われて嬉しくなり、頬を上気させて頷いた。


その翌朝、冬雪が朝食の片付けをしていたときだった。

「え……本当に？」

リビングルームでかかってきた電話に出た耀仁が、怪訝そうな声を出した。

誰からだろうと思いながら、音を立てないように冬雪が食器を片付けていると、しばらく話して通話を終えたらしく、彼がキッチンにやってきた。

「……京都の叔祖父からだった」

言葉を切った耀仁に、冬雪は首を傾げた。

「何かあったんですか？」

「うん。どういう風の吹き回しなのかわからないんだけど……祖父が、雪くんとの結婚を認めると言ってるって」

「えっ⁉」

予想外のことに目を丸くする。

叔祖父によると、当主は直接二人と話したいと言っている、いつでも時間を取るので、都合がつき次第、冬雪を連れて本家まで来るように——とのことらしい。

「行く必要はないよ」

あっさりと言う耀仁に、冬雪は戸惑った。

「で、でも」

「わざわざ行ったところで、すぐに祖父は気を変えるかもしれない。祖父さんの言うことは信じられない。僕が跡を継がないと宣言したときは、『ならばその代わりに金を払え』と言ってきて、払おうとしたら、今度は金額を吊り上げられたりもしたわけだし」

スマホを手にした耀仁は、祖父の突然の申し出に疑いを持っているようだ。

「週末はちょうど休みではあるけど、せっかくの貴重な時間だ。雪くんと過ごすことに使いたい」

笑顔を向けられて、冬雪もぎこちなく微笑み返す。

「どうしたの？　僕の実家のことは本当に気にしなくていいんだよ？」

そう言われても、冬雪が頷けずにいると、耀仁がふいに真面目な顔になる。

「雪くん……もしかして、行きたいの？」

冬雪は一瞬迷ったあとで、こくりと頷いた。

「どちらにしても、改めて一度、お祖父さんのところにはご挨拶に行かせてもらえたらと思っていたんです」

二人が難しい関係なのは知っている。けれど、父は早くに亡くなり、祖国に帰ってしまった母とは音信不通の耀仁にとって、祖父はたった一人の育ての親なのだ。

厳格な当主に、孤児である自分の存在を本当に受け入れてもらえるかはわからない。それでも、先方から歩み寄ろうとしてくれたなら、拒絶せずにいたかった。

「祈祷のとき、お祖父さんには本当にお世話になりました。それに、本家の皆さんにも。あのときはまだ、耀仁さんとのことをちゃんと話せなかったから、気になっていたんです。結婚を認めてもらえるとかは、考えてもいなかったんですけど……せめて、交際のことだけでも、ちゃんと報告させてもらいたくて」

結婚の許可をもらえるか否かにかかわらず、彼と将来を考えていることを伝えたい。耀仁は光延にとって後継者であり、大切な孫でもある。冬雪の立場からすると、それがせめてもの礼儀だと思う。

黙り込んだ耀仁が眉を顰《ひそ》めて何か考えている様子なのに気づいて、冬雪は慌てた。

「あ、あの、でも、もちろん、無理にってことじゃないんです！　せっかくの大切なお休みなんですから、ゆっくりして体を休めてもらいたいですし……」

「いや、大丈夫。ここのところ、拘束時間は長かったんだけど、僕は待ちも多くて、そんなに疲れてるわけじゃないから」

そう言うと、彼は冬雪の手を取った。

「まあ、ちょっと癪ではあるんだけど、許可を得ておくに越したことはないかもね……雪くんの、今後の人生のためにも」

「俺の今後、ですか？」

認めてもらえると何かが変わるのだろうか。不思議に思って首を傾げると、うん、と彼は頷き「そのうちわかると思う」と言った。

よくわからないが、耀仁が気を変えてくれたのだから、きっといいことなのだろう。

彼は「じゃあ、次の休みに行こう」と折れてくれた。

「いろいろややこしくて面倒くさいうちの実家を嫌がらないでくれるなんて、雪くんくらいのものだよ」

口の端を上げて苦笑した彼に抱き寄せられる。一度世話になったときに、本家で働く人々とも顔見知りになっている。そのおかげでか、冬雪は物々しい雰囲気のある彼の家に恩義を感じるばかりで、訪問することに抵抗はない。

それに、あの家は、大好きな耀仁が育った実家なのだ。そう思うと、たとえどんなことがあろうとも頑張れる気がした。


初秋の京都は大勢の観光客でにぎわっていた。

聞こえてくる言葉も多様で、世界中のあちこちから人々が訪れているようだ。鮮やかに色づき始めた木々の下、ほどよい気候で、徒歩が必須の神社仏閣を見て回るなら、確かに最高の時期だろう。

駅からタクシーに乗り、耀仁とともに彼の実家に向かいながら、冬雪は窓から行き交う人々をぼんやりと眺めていた。

耀仁の実家である一条院家があるのは、京都の中心部からは少し離れて山を背にした静かな場所だ。

一族の者の一部は、天狐を神の使いとして祀る天翔《てんしょう》神社に奉仕する神職だそうで、彼の祖父は現役の陰陽師でもある。千年以上の歴史を誇る神社は、多くの神社仏閣が居並ぶ古都の中でも特に有名で、願いが叶うことで名の知れた強力なパワースポットらしい。

週末、耀仁の貴重な休みを使って、二人は早朝の新幹線で一条院の本家にやってきた。

使用人の案内で広大な敷地の奥にある本殿に通されて、冬雪はぎょっとした。

香の香りが漂う殿内には、すでに十数人の人々がずらりと座っていたのだ。

耀仁も一瞬面食らったようだ。だが、彼は冬雪を見てすまなそうに頷くと、手を握って中に足を踏み入れる。彼に手を引かれながら、冬雪もおそるおそるあとに続いた。

人々の横を通って、二人は立派な祭壇の前まで進む。

祭壇に向かって座布団に座る者たちは、スーツ姿の者もいれば神職の装束の者もいる。服装はばらばらだが、年齢は中年から高齢で、険しい表情をした強面《こわもて》の男性ばかりだ。

そして祭壇の最前に座っていたのは、耀仁の祖父の光延だった。少し下がったところにいる煌良《あきよし》が、耀仁と冬雪を見て小さく頷いた。

光延の弟で、耀仁の叔祖父である一条院煌良は、耀仁のマネージャーを務める三善の祖父で、彼もまた現役の陰陽師だ。

穏やかなたちの煌良には、耀仁も昔から世話になったそうだ。冬雪も妖魔を祓う際に助けてもらい、彼には恩を感じている。

「――耀仁。冬雪くんも、わざわざ呼び立ててすまなかったな」

祭壇を向いていた光延が、冬雪たちに体ごと向けて座り直す。烏帽子に白装束という正装で、老いの見当たらない顔立ちは耀仁の祖父とは思えないほど若い。

珍しくにこやかな彼に、冬雪は思わず目を丸くした。

「……祖父さんからねぎらわれるなんて、雪が降るかもしれないな。何か裏があるような気がするよ。しかも、一族の陰陽師が勢揃いしているとか、聞いてないんだけど？」

まあ座れと光延に座布団を勧められる。ジャケットを着た耀仁は、光延に向き合うようにして腰を下ろしながら、怪訝そうに眉を顰めている。

ここにいるのは一条院家の陰陽師たちらしい。言われてみれば、冬雪が祈祷してもらった光延と煌良の他に、もう一人見覚えのある陰陽師の顔がある。彼と目が合った冬雪はぺこりと頭を下げてから、そろそろと耀仁の隣に正座した。

「疑い深い奴だ、裏などあるわけがないだろう」と言いつつも、光延は笑みを崩さない。

(何かいいことでもあったのかな……？)

もちろん、機嫌が悪いよりもずっといいけれど、今日の光延の様子は正直なところ、冬雪も驚きだった。

昨年、妖魔を祓ってもらってからの一か月近く、冬雪は一条院家の離れで世話になった。無事に祈祷が済むと体が疲弊しきっていて、数日入院したあとはしばらく離れで寝込んでしまった。

起き上がれるようになってからは、本邸での食事のたびに光延と顔を合わせていたけれど、彼は普段から厳しい雰囲気を纏っていて、めったに笑うことはない。眼光が鋭く、ただそこにいるだけで身が引き締まるような威厳を感じさせる人物だ。

最初は冬雪の祈祷のために法外な額を耀仁に要求していたが、その後考えを変えて、謝礼はなしで引き受けてくれた。そのことからも、光延は決して悪い人ではないはずだと思う。

しかし、彼に跡継ぎとして期待をかけられ、相当厳しく育てられたという耀仁が、祖父への憤りを捨てきれない気持ちもわかる気がした。

人々の視線が横顔に刺さるようで、冬雪は身を硬くした。

(やっぱり、スーツを着てきたほうがよかったかも……)

まさか一族の者が勢揃いしているとは思いもしなかったのだから仕方ないけれど。

とはいえ、スマートカジュアルな耀仁に合わせるべく、冬雪もなるべくきちんと見えるよう、今日はシャツの上に小綺麗なニットを着て、スラックスを合わせてきた。最低限、この場にいて無礼な格好ではないはずだ。

静まり返った殿内で、光延が口を開いた。

「皆に紹介する。こちらが六車冬雪、耀仁の交際相手だ」

光延が集まった者たちに言い、冬雪は慌てて「む、六車冬雪です」と言って深々と頭を下げた。陰陽師たちはそれぞれ冬雪を見て頷いたり、顔を見合わせたりしている。中には眉を顰めている者もいた。

「煌良から、お前が冬雪くんとの将来を考えていると聞いたが」

「ああ、先々は結婚するつもりだ」

祖父の問いかけに耀仁は即答した。すると、今度は殿内にかすかなざわめきが起こり、冬雪は身の縮む思いがした。

「今受けている仕事をすべて終えたら、芸能界からは引退する。叔祖父のところで再修行する前に、冬雪くんと婚姻届を出すから」

光延は頷くと「ならば、うちの本殿で結婚式を挙げなさい」と言った。

（け、結婚式を……ここで……？）

光延の申し出に、冬雪は驚いた。耀仁と正式に結婚するにしても、彼の仕事もあり、式を

挙げることなんて考えもしなかったからだ。

「式のことは、まだ冬雪くんと話し合ってない。まずは彼の希望を聞かないと」

祖父の申し出が意外だったのだろう、耀仁も驚いている様子だ。

「お前は本家の跡継ぎだ。まさか結婚式なしで済ますわけにはいかないだろう。祈祷で滞在していた間に使用人たちとは顔を合わせただろうが、一族の中にはまだ冬雪くんと会ったことがない者も多い。これからは正式な身内になるんだ。きちんとお前の伴侶として、披露目と挨拶をしておかねばな」

「……いったい、どういう風の吹き回しだ？　少し前まで、勝手に見合いを勧めてきたくせに。まさか、雪くんとのことを本気で賛成してくれるつもりなのか？」

耀仁が訝しげに訊ねると、光延は静かに返した。

「お前が生涯独身を貫くと言い出すよりはずっといい」

どうやら、彼の祖父は、本当に耀仁とのことを認めてくれるつもりらしい。

冬雪の胸に歓喜が湧きかけたときだった。

「とはいえ、無条件というわけにはいかない。お前たちの結婚を認めるには、二つの条件がある」

「条件だって？」

耀仁がぴくりと肩を揺らした。その隣で、冬雪も小さく息を呑む。

きっと、何かスムーズにいかないことがあるだろうとは思っていたから、覚悟はしていた。

だが、条件が二つもあるとは。

身を硬くして待っていると、光延は、耀仁と冬雪の二人に向かって告げた。

「一つは、結婚までの間、冬雪くんが月に一度この本家に通い、花嫁修業をすることだ」

(は、花嫁修業!?)

最近はほぼ耳にすることがないような古めかしい言葉だ。だが、殿内からざわめきは漏れない。どうやら、一条院家の嫁となるなら、それは当然のことらしい。

「そしてもう一つは、結婚したら、冬雪くんには必ず耀仁の子を産んでもらわなくてはならない」

「え?」

固唾を呑んで条件を聴いていた冬雪は、思わずぽかんとした。

聞き間違いかと思ったけれど、光延は真顔だ。

一つ目の条件は、たとえ時代錯誤であったとしても、一条院家の歴史を考えれば理解できなくもない。だが、二つ目のほうは、努力では成し遂げようがないことだ。

腕組みをして聴いていた耀仁が、脱力したみたいに深いため息を吐く。

「……祖父さんのことだから、どうせそんなところだろうと思っていたよ。そもそも、冬雪くんとのことを認めてくれなんて頼んだ覚えはない。僕たちは二人とも成人しているし、結婚は自由だ。祖父さんに子作りを強要する権利もない」

真正面から歯向かう耀仁の言葉に激昂するかと思ってハラハラしたけれど、意外にも光延は冷静さを崩さなかった。

「我が一族の血を引く跡継ぎがどれだけ重要かは、冬雪くんの件からも、お前にはよくわかっているはずだ」

淡々と返す光延に、耀仁はぐっと詰まった。

確かに冬雪は、光延たち一条院家の陰陽師の力に命を助けられた。

彼らが特別な祈祷で妖魔を祓ってくれなければ、今も冬雪は、日々いつ闇に引きずり込まれるかわからずに怯える暮らしを続けていたことだろう。そんな冬雪と同居していたら、耀仁の精神的な負担も大きいままだったはずだ。

「……後継者なら、美佳《みか》さんの子供でも、三善の弟の子でも、他に何人だって一族の血を引く子はいる」

「血を引いていれば誰でもいいわけではない」

耀仁の言い分を、光延はあっさりとはねつけた。

「成長すれば、誰か一人くらいは力を発揮して、跡を継ぐ者がいるかもしれない」

「一族を率いるだけの力を持つ跡継ぎが必要だ。だから、お前の次に当主になるのは、直系男子の末裔であるお前の血を引く子でなければ意味がないのだ」

きっぱりと言う光延と、顔を顰《しか》める耀仁を交互に見て、冬雪はおろおろした。

光延の言い分がいまひとつ呑み込めない。

「あのう、すみません……」

おずおずと冬雪は手を挙げる。殿内の陰陽師たちの視線がこちらに向けられた。

「ごめんね、せっかく来たのにこんな話で」

すぐこちらに目を向けた耀仁が、やや声を潜めてすまなそうに謝罪してくれる。

「い、いえ」

「彼は何か言いたいことがあるようだぞ。お前だけではなく、冬雪くんの意見も聞こうじゃないか」

そう言う光延を軽く睨んでから、耀仁が気遣うように再びこちらを見る。彼が頷くのを見て、迷いながら、冬雪は口を開いた。

「あの……跡継ぎが必要なところ、大変申し訳ないとは思うんですが、耀仁さんと俺は同性同士です。子供を作るのは、ちょっと無理なのではないかと……」

法的に同性同士の結婚が認められるようになっても、まだ同性同士で子が作れるようになったという話は聞かない。医学の飛躍的な進歩により、いつかは技術的に可能になるかもしれないけれど、まだまだずっと先のことだろう。もし耀仁が選んだ相手が女性だったら子を望めるであろうことを思うと心苦しさはあるけれど、これぱかりはどうしようもない。

「ああ、そのことなら問題はない。子を授かる方法はある」

しかし、あっさりと光延は返した。

わけがわからなくて隣にいる耀仁を見るけれど、難しい顔をした彼は、なぜか祖父の言葉を否定しない。

(方法はある……って、いったいどういうこと……?)

もしや、光延が自分たちの結婚を許す条件は、『冬雪が耀仁が他の誰かに子を産ませることを許容する』という意味なのだろうか。そうであれば、ショックではあるものの、冬雪に嫌だと言う権利はないのかもしれない。

同性の冬雪と結婚したあと、耀仁が子を授かるには、女性の愛人を作るか、もしくは代理母出産などの方法で子供を作る以外に方法はないのだから。

そういう意味なのかとおそるおそる訊ねると、光延が答える前に「あり得ない」と耀仁がきっぱりと言いきる。光延も、呆れたように「違う」と答えた。

「こいつのような堅物の頑固者が、自分が選んだ相手以外との間に子を作ると思うか？　産むのは冬雪くん、君だ」

（き、君だって言われても……！）

当然のように言われて、冬雪は途方に暮れた。

代理母前提というわけでもないなら、男同士の身で、いったいどうやったら子を授かれるというのだろう。

「……もういい」

しばらくの間黙っていた耀仁が、スッと立ち上がる。

「雪くん、時間の無駄だからもう行こう」

彼に手を引かれ、動揺したまま冬雪も立ち上がる。光延と、それから陰陽師たちに慌てて頭を下げた。

歩き出す前に、耀仁がふと祖父を振り返った。

「修行をやり直して家業を継ぐことまでは了承したけど、何もかも祖父さんの思い通りにはならないよ。何を言われようとも、僕はうちの一族のために冬雪くんを危険に晒すつもりはないから」

苛立ったように耀仁が言うと、光延は孫を険しい目で見返した。

「まあまあ、二人とも落ち着いて」

緊迫した空気を緩和するみたいにのんびりと言って、陰陽師たちの中から立ち上がったのは煌良だった。柔和な雰囲気の彼は、今日は恰幅のいい体を三つ揃いのスーツで包んでいる。

「ともかく、当主の言い分は聞いてもらったのだから、今日はそれだけで十分だろう。耀仁も、改めて冬雪くんに当家の事情を説明して、二人で今後のことをよく話し合ってみてくれ」

「——そうだ」

ふいに光延が口を開いた。

「冬雪くん自身が、結婚と子作りについてどう思っているのかを訊いてみろ」

そう続けながら、彼はゆっくりと立ち上がる。

光延が耀仁と面と向かって対峙すると、にわかに殿内に緊張が走るのを感じた。

「冬雪くん、もし、君が耀仁の子を産まなければ、代々受け継がれてきた我が一族の貴い力は、将来的に消えることになる」

「……どの口がそんなことを言えるんだ？」

冬雪が身を硬くすると、隣に立つ耀仁がかすかに声を荒らげた。

「だったら、祖父さん、あんた自身が母さんをいびったりせず、もっと大切にすればよかったんだ。そうしたら母さんは出ていかず、父さんも早死にすることはなかった。僕には、兄弟だっていたかもしれない」

孫に糾弾されて、光延がかすかに眉を顰める。両親を失った耀仁の根深い憤りを感じて、冬雪は胸が痛くなった。

彼が祖父を恨むのも無理はない。

耀仁の母は子を身ごもったことで結婚したものの、外国人であることを理由に、義父の光延から一族の一員として受け入れてはもらえなかったそうだ。その後も、本家での針の筵《むしろ》に座るような暮らしに耐えかねて、幼い耀仁を置いて国に帰ってしまった。

その上、彼の父は母を迎えに行くため、ともかく一人前になろうと陰陽師修行を重ねる最中の事故で命を落としたと聞いている。

「一族に直系の跡継ぎが僕しかいないのは、あんた自身が招いたことだ。その結果を僕たちに押しつけないでくれ」

行こう、と促す耀仁に手を引かれて、冬雪は本殿の出口へと向かう。

集まった陰陽師たちの中、立ち尽くした光延は、無言で二人を見送っていた。

「ごめんね、嫌な思いさせて。やっぱり連れてこなければよかったよ」

冬雪の手を引いて外通路を歩きながら、顔を顰めて耀仁が言った。

「いえ、すみません、行きたいってお願いしたのは俺のほうですし」

本殿を出ると、拝殿との渡り廊下の向こう側に、一般の参拝客もちらほら見える。人目につかないようにか、耀仁は拝殿には渡らず、本殿の外通路を進んでいく。靴を置いてきた裏口のほうに向かっているようだ。

少し考えてから、冬雪は「あの、耀仁さん」と呼んだ。

「何？」

彼が足を止める。ふいに、曲がり角の向こうから誰かがやってくるところが見えた。

「——川見《かわみ》さん」

「あら、お話はもうお済みなんですか？」

笑顔で訊ねてきたのは、シンプルなエプロンを身につけた、優しそうな雰囲気をした五十代くらいの女性だ。

川見は一条院家の使用人で、耀仁が子供の頃からここで働いているそうだ。冬雪が祈祷で滞在したときも、困らないように衣食住の世話をしてくれて、何くれとなく親切にしてもらった。

「うん、もう帰るところ」

「まあ、もうお帰りなんですか？　お昼の支度ができていますから、せめてそれだけでも召し上がっていかれたら」

耀仁の返事に、川見が驚いた顔になった。

「いや、でももう祖父さんと顔を合わせたくないし」

耀仁がちらりと冬雪に目を向ける。彼は、おそらく冬雪がもう帰りたがっていると思って気遣ってくれているのだろう。冬雪は慌てて言った。

「あ、あの、俺なら大丈夫なので、せっかくですし、よかったらお昼をいただいてからにしませんか？」

「ええ、そうなさってください。それに、ご安心ください。ご当主はすぐに外出のご予定があるそうですから」

「そうなの？」

耀仁は拍子抜けしたみたいに訊ねる。

「はい、ここのところ、なんだかご依頼が多くて……ご当主だけじゃなくて、神職の方は皆さん手いっぱいみたいです。今日も坊ちゃんと冬雪さんがいらっしゃることになって、ご当主は入っていた予定を無理に調整して、わざわざお待ちしていたんですよ」

そう、と言う耀仁は複雑そうな顔だ。

祖父がいないのならと、二人はありがたく食事をとっていくことにした。

天翔神社の敷地の奥側には、竹製の塀を隔てて、当主の住まいである日本家屋が立っている。神社に負けないくらい立派な一条院本家の建物の横には、更に渡り廊下で繋がった離れがあった。

ここは耀仁が学校に上がってから暮らしていた建物だ。十畳の居間と六畳の寝室という二間に、浴室とトイレ、ミニキッチンがついていて、ここだけでも暮らせるようになっている。昨年の祈祷の際、冬雪もここで寝泊まりさせてもらったので、勝手知ったる部屋だった。

(さっきの話、ちゃんと訊かなきゃ……)

彼の祖父が言っていた跡継ぎを作れという件について、冬雪はまだ呑み込めていない。どういうことなのか、耀仁に訊きたかった。

離れに着いて間もなく、川見がもう一人の使用人とともに食事を運んできてくれた。

盆の上にある漆塗りの器には、揚げたての野菜のてんぷらや美味しそうな煮物、たくさんの小鉢といった手の込んだ料理が並んでいる。

二人だけになると、食事をとりながら耀仁が話し始めた。

「……さっきの、祖父さんが言ってた結婚を認める条件だけど」

「は、はい！」

もぐもぐしていた冬雪は、慌てて口の中のものを呑み込む。箸を置き、姿勢を正して聴く体勢をとると、苦笑して彼が続けた。

「そんなに緊張しないで、ほら、食べながらでいいよ。本殿では、祖父さんが無茶苦茶なことを言い出してごめん。でも、雪くんは何も気にしなくていいから」

先ほど拒んだ通り、彼は祖父が出した条件をどちらも受け入れるつもりはないようだ。

戸惑いながら、冬雪は気になることを訊ねた。

「あの……お祖父さんがおっしゃってた、跡継ぎについての条件なんですけど」

「ああ、うん。あんなこと言われたら引っかかるのは当然だよね」

眉を顰めて箸を置くと、一口茶を飲んでから、耀仁は苦い顔で事情を話してくれた。

「……男同士でも、子を作る方法はある」

「それは、本当に、二人の間の子供っていうことですか……？」

「うん。祖父さんが言ったように……まあ、そもそもあり得ないけど、誰か別の女性に産んでもらうっていうやり方じゃなく、僕たち両方の血を引く子供だよ」

代理母でも愛人に産んでもらうのでもなく——正真正銘、耀仁と冬雪の子を授かる方法が存在しているというのか。

まさかのことに、冬雪は仰天した。

『君が産むんだ』と光延に言われたときは耳を疑ったが、本当に男の自分が子を産む方法があるなんて、さすがに常識を超えている。

だが、彼の式神であるポメ吉の存在や、妖魔や悪霊をいっさいその身に寄せつけない特別な守護を持って生まれた耀仁、そして強力な力を持つ光延たち一条院家の陰陽師のことを考えると、不可能はない気もした。

「それって、いったいどういう方法なんですか？」

気になって訊ねた冬雪に、耀仁は表情を引き締めた。

「雪くんは、聞かないほうがいいと思う」

「な、なぜですか？」

「確かに、本家には僕たちの間に子を授かる特別な方法がある。でもそれは、確実に安全とは言えないやり方なんだ。さすがに、祖父さんがそれをやれって言い出すとは思わなかった」

耀仁は苦い顔だ。それを聞いて、冬雪はどうして彼が祖父が出した条件を聞いて、あれほど激怒したのかがわかった気がした。

彼は冬雪の身を危険に晒すことを恐れているのだろう。だから、光延が当然のように冬雪に跡継ぎを産めと言ったことで、珍しくカッとなったのだ。

「祖父さんが跡継ぎをせっついている状況で、もしそのやり方を聞いたら、雪くんは自分が産まなければという罪悪感を抱くかもしれない。だから、中途半端に知らせてすまないけど、具体的な方法までは聞かずにいたほうがいいと思うんだ」

そう言うと、耀仁は「ほんと、面倒な家でごめんね。さ、食べよう？」と明るい声を出す。

冬雪もぎこちなく微笑んで頷き、また箸を取った。

食べ終えると、茶を飲みながら、耀仁が腕時計を見た。

「これからどうしようか。どのくらいかかるかわからなかったから、いちおう、今日の帰りの新幹線と宿と両方押さえてもらってたけど、余裕で新幹線に間に合いそうだ」

当主の話がすぐに済むことなのか不明だったため、今日は泊まりの用意もしてきた。ポメ吉の世話は三善に頼んであるので心配はいらない。

「雪くん、前回の滞在ではどこにも行けてないから、少し近場を見て回ろうか。どこか行きたいところはある？」

そばにある有名な寺や神社の名前を出される。写真では見たことがあるけれど、どこも行ったことがないところなので、「間に合うようなら行ってみたいです」と冬雪は笑みを作った。

ふいに卓の上に肘を突いて、耀仁がじっとこちらを見つめてきた。美しいかたちをした飴色の目を眇めて、彼は小さく口の端を上げる。

「何か、引っかかってることがあるみたいだね。やっぱり、さっきの祖父さんの話が気になる？」

頭の中をすっかり見抜かれていることが恥ずかしくなる。ただでさえ冬雪は気持ちを隠すのが苦手なので、もやもやと考え込んでいたことくらい、彼には何もかもお見通しだったのだろう。

「えと……跡継ぎを作る方法が、俺にとって安全じゃないかもしれなくて、耀仁さんが乗り気じゃないっていうのは、わかりました。でも、もう一つの、月一で花嫁修業をしに行くほうなら、特に問題なくできそうだなと思って」

冬雪がそう言うと、耀仁は困ったように笑った。

「祖父さんが出した条件なんて、聞く必要ないよ。どうせ、家の細かいしきたりとかをあれこれ教え込んで、雪くんを自分のいいように動かしたいだけなんだから」

「でも、それで結婚を認めてもらえるなら、俺、やりたいです」

正直な気持ちを伝えると、耀仁がかすかに目を瞠った。

「俺はとても誇れるような生い立ちじゃないですから、本当なら、結婚を大反対されて当然だと思います。だから、たとえ無茶な条件付きでも、お祖父さんが受け入れると言ってくれたことが嬉しくて」

恋人になる前、妖魔を祓ってもらう方法を探すために、いつもなら人に伝えるのをためらうようなことまで耀仁には打ち明けた。

この子は悪魔憑きだと両親に恐れられて、赤ん坊のときに児童養護施設に預けられたこと。生まれながらに付き纏っていた妖魔のせいで、次々に働く店が潰れて、疫病神だと自覚しつつ、それでも必死で生きてきた半生のことを。

山あり谷ありどころか、谷底を這いずるような暮らしの中で、耀仁に出会い、人生が一変した。彼は、安全な部屋と自らの気を与えて冬雪を守り、光の差す場所に引き上げてくれたのだ。

結婚の話をする今でも、彼と自分とでは釣り合いが取れないと痛いほどわかっている。それでも、耀仁が求めてくれる限りはそばにいたい。その彼との関係を、家族である祖父が認めてくれるなら、自分にできることならなんだってしたいと思った。

「それに俺、家事だけは得意なので、料理とか掃除だったら、少しは本家の皆さんのお役に立てるかもしれませんし」

冬雪がその決意を伝えると、耀仁は少々面食らった顔になった。

「あー……、そうだったんだ」

独り言のように言ってから、彼はなぜかうつむく。

「え、な、なんでしょう？」

「……雪くんは優しいから、祖父さんに無理難題を突きつけられても拒めないのかもしれないと思ってた。まさか、率先して結婚の条件をこなしたいと思ってたなんて、考えもしなかったよ」

耀仁はゆっくりと冬雪に目を向ける。

「雪くん、ちゃんと、僕と結婚したいと思ってくれてるんだね」

「は、はい！」

そっか、ともう一度呟いて、彼は視線をそらす。その顔はかすかに赤くなっている。

「もしかして俺、あんまり結婚に乗り気じゃなさそうに見えてましたか……？」

ハッとしておそるおそる訊いてみる。すると、耀仁は苦笑して首を傾げた。

「うーん、いや、僕のことを好きでいてくれてるっていうのはわかってたけど。でも、結婚の話をするといつも困った顔するから、ちょっとプロポーズが早すぎたのかなとかは考えてた」

「そんなことないです！」

困っているように見えたとしたら、それは本当に自分でいいのか悩んでいただけで、決して気が進まなかったわけではない。慌ててそう説明すると、「だったらよかった」と彼がホッとしたように頬を緩めた。

「雪くんはまだ若いし、料理上手で、気が利いて可愛くて……君のことを知ったら、好きにならない奴なんていない。いっぽうで、僕は引退してほとぼりが冷めるまでは、外を堂々と一緒に歩けないようなやっかいな男だから、結婚してもあまりいいことがない。そこに、さっきみたいに祖父さんがめちゃくちゃなこと言い出すからさ……雪くんに、やっぱり結婚の話は考え直したいって言われたらどうしようかと思ってたよ」

冬雪は半ば唖然とした。耀仁は冬雪を買いかぶりすぎだし、雨宮耀の大ファンで、彼と結婚したがる人がどのくらいいるかを理解していなさすぎると思った。

ふいに立ち上がると、大きな卓をぐるりと回って彼がそばまでやってきた。

膝を突いた耀仁はじっと冬雪を見て、頬に優しく触れた。

体温の高い彼の手は、冬雪の頬よりもずっと熱い。

「……もう君以外考えられない。雪くんを他の誰かに取られたくないんだ」

熱っぽい目でもどかしそうに見つめられて、冬雪の心臓の鼓動が一気に激しくなった。

「事務所との契約上、仕事がまだ残ってるうちは結婚できないのがもどかしいよ。許されるなら今すぐに婚姻届を出して、雪くんを僕だけのものにしたいくらいなのに」

「い、急がなくても、俺、いつまでも、待てますから……！」

「ほんと？　僕の勢いに流されてるんじゃなくて？」

悪戯っぽく笑って、彼が冬雪の目を覗き込む。冬雪は急いでこくこくと頷いた。

「はい。だって、何年先でも、結婚したあとは耀仁さんとずっと一緒にいられますし」

そう言うと、彼が眩しいものを見るみたいに目を細めた。

「……僕と、ずっと一緒にいてくれるの？」

照れながら、冬雪はまた頷く。すると、背中に腕が回ってきて、次の瞬間、冬雪は胡坐をかいた彼の膝の上に横抱きにされていた。

硬い腕の中に抱き締められて、こめかみや頬に何度も口付けられる。

「あー、なんでこんなに可愛いんだろう？　話しているだけなのに、愛しくて胸が苦しくなってくる」

身を竦めてキスの嵐を受け入れていると、顧を掬い上げられて、彼のほうを向かされる。

間近にある美しすぎる耀仁の目は、まっすぐに冬雪だけを射貫いている。

唇を繰り返し優しく啄まれて、甘いキスの合間に耀仁が囁く。

「愛してるよ、雪くん」

彼は毎日そう言ってくれるけれど、何度言われても胸が高鳴る。今日は更に、耀仁の想いが特別身に染みるように感じられた。

冬雪は「俺も、大好きです」とはにかみながら、正直な気持ちを返す。

「本家で花嫁修業なんて、本当にさせたくはないんだけど」

駄目だと言われるのかと、思わず冬雪は潤んだ目で彼を見上げる。

しばらくそうしているうち、耀仁が冬雪をぎゅうぎゅうに抱き締めてから言った。

「……わかった、冬雪くんには敵わないよ。ぜったい無茶させないように川見さんたちにもよく頼んでおくから……ともかく、無理はしないで」

耀仁の許可を得られて、冬雪はホッとした。光延に出された一つ目の条件はなんとかクリアできそうだ。

二つ目の方法は気になるけれど、彼が伝えたがらないほど危険なことなら仕方ない。

ともかく、自分との結婚話のために、耀仁と祖父に仲違いしないでほしい。

何年も没交渉だったところから、必要最低限のやりとりをするようになったところだ。自分が二人の間を結ぶことは無理でも、せめて諍いの種にはならないようにしたい。

そして、ほんの少しでも、彼らの距離が縮んでくれれば。

「俺、花嫁修業、頑張りますね」

頭の中でレシピ本の進行のスケジュールを確認しつつ、冬雪はそう決意した。

「すみません、お土産ここに置いておくので、よかったら持って帰ってください」

菓子の箱を開けて棚の上に置きながら、冬雪は同僚たちに声をかけた。

調理器具の片付けや掃除を終えた白衣姿の同僚たちが、わらわらと寄ってくる。

「悪いわね、六車くん」

「いつもありがとうね。あら美味しそう」

「先月持ってきてくれたお土産も美味しかったわあ。あ、あと、手作りのハロウィンのお菓子も！」

集まってきた同僚たちは、それぞれ菓子を手に取ってほくほく顔だ。

今日は調理補助のバイトの日だ。ちょうど今週、京都の本家に行ったところだったので、いつも世話になっているバイト先の皆にも土産を買ってきた。

さっそく菓子を一つ開けてその場で頬張りながら、同僚の一人である新川《しんかわ》が言った。

「しかし偉いわねえ。まだ結婚してもいないのに、彼氏の実家の手伝いに行くなんて」

うんうんと皆が頷いて、いえ、そんなことはと冬雪は小さく笑って首を横に振った。

先々月、耀仁と二人で本家に行ったときは、少しだけ近場の寺を見て回った。地元なので彼はさすがに詳しくて、説明してもらいながらの初めての観光は、思い出に残る楽しさだった。皆、土産を喜んでくれたのだが、翌月も冬雪が京都土産を持ってきたので疑問に思ったのだろう。そのときにたびたびの京都旅行の理由を訊かれて、冬雪は答えに困った。

さすがに、バイト先の皆に京都行きの本当の理由は言いづらい。『同居人の実家が家業をやっているので、家のことを手伝いに行っている』という、当たり障りのない事実だけを伝えていた。

ここのところは多くても週一、二回程度の出勤なので、京都に行ったこと自体を言わなければわからない。だが、いつも皆が家族旅行から戻るたびに土産を買ってきてくれるので、たまにはお返しがしたくて正直に伝えた。

「でも大丈夫？　お姑《しゅうとめ》さんにこき使われたり、いびられたりしていない？」

坂谷《さかたに》から心配そうに言われ、冬雪は慌てて「いえ、大丈夫です」と首を横に振った。

「あちらには、もうお祖父さんだけですし……それに、おうちで働いている方も、皆さん優しいです」

「お手伝いさんとかいるってこと？　おうちが相当広いの？　彼氏さんの実家はお金持ちなのねえ」

新川が感心するように言う。

一条院家がどのくらい裕福なのかは知らないけれど、本邸は一般的な家に比べると、何十人も集まれるような広間や、何部屋もの客間に離れがあったりでかなり広い。

月一度の本家での花嫁修業も、昨日で二回目になる。

耀仁から聞いていた幼い頃の躾の話から、多少厳しくされることも覚悟して赴いたものの、本家では、想像したよりずっと平和だった。

冬雪に任されたのは、主に川見の下で邸内の雑用や食事作りの手伝いなどだ。それから、応対の作法を教えてもらい、光延のところに来客が訪れたときにお茶出しをするのも冬雪の役目だ。

光延は客に『今後一族に入る者です。お見知りおきを』とだけ言って紹介してくれる。

まだ芸能界で働いている耀仁との関係を話すわけにはいかないだからだろう。

だが、すでに自分を孫の相手として認めてくれているようだと気づき、冬雪は驚いた。

（……結婚を認めるための条件は出されたけど、跡継ぎのこととか、あれ以来、何も言われてないし……）

本家では、冬雪をいびろうする気配はいっさいない。

先日、無事に発売日を迎えた冬雪の二冊目のレシピ本は、皆から頼まれて耀仁が纏めて本家に送ったようだ。テレビで紹介されているのを見た、書店で平積みされていたと言って、使用人たち皆がすごいと褒めてくれた。更には、川見の家では、娘がその本を見てスイーツを何品か作ってくれたらしい。驚くやらありがたいやらだ。

本家の台所で、冬雪が川見たちを手伝って作ったおかずも『味付けがちょうどいいわ、坊ちゃんは幸せ者ね』と味見した者は笑顔で言ってくれる。川見からは、耀仁の好物だという煮物のレシピを教えてもらい、隠し味の材料を分けてもらったので、今日はさっそく作るつもりだ。

そんなふうに、本家の人々がよそ者の冬雪に歓迎一色なのは不思議だった。

もしかしたら、当主が『冬雪によくしてやるように』と命じてくれたのではないか。

耀仁にもそのことは伝えたけれど『気遣うくらい当然だよ、毎月、都内から京都まで呼びつけられてこき使われるなんて、本当は怒るべきなんだから』と呆れ顔で言われた。祖父には決して油断しないように、と彼は困り顔で心配していた。

正直、まだ彼の祖父が何を考えているのかはわからない。

けれど、二度行ってみて感じたのは、花嫁修業に来いという条件には、特に裏はない。単純に、将来的に耀仁と結婚したあと、しきたりや本家の仕事を何も知らずにいて冬雪が困ることのないようにと、少しずつ教えてくれているだけな気がしたのだ。

「あたしも、新婚のときはダンナの実家に盆暮れ正月全部帰省してたけど、数年で胃を悪くして行くのやめたわー」

土産の菓子を食べながら同僚の一人がぼやくと、他の皆も口々に「大変だったわねえ」

「行かないのが正解よ」と言い出す。

「まあ、六車くんの彼の実家はいいところみたいだけど、結婚前にはわからないこともあるからね」

「そうそう、逃げられる今のうちに、よーく見極めておくのよ」

真面目な顔でアドバイスされて、「は、はい」と冬雪は慌てて頷いた。


バイト先の病院を出ると、冬雪はいつものようにマンションの最寄りのスーパーに寄った。チェックしていた目当ての特売の商品をあれこれと買い込んでから、急いで家に帰る。

(今日はめいっぱい美味しいもの作らなきゃ)

昨日は本家から戻ると、もう日付が変わる頃だった。

新幹線がもうすぐ降りる駅に着くというところでスマホにメッセージが届き、ちょうど仕事が終わったところだという耀仁が、わざわざ車で駅まで迎えに来てくれた。そのおかげで、彼を誰もいない寂しい家に帰らせずにすんだことはホッとした。ただ、さすがに時間がなくて、夜食には作り置きを温めて、あり合わせのメニューを出すしかなかったのだ。

本家に行く日の朝は、耀仁の朝食の用意をしてから始発の新幹線に乗る。神社は日が暮れる前に一般の参拝口を閉めて片付けに入るので、本家の夕食作りを終えたら、その日の冬雪の仕事は終わりだ。スムーズに新幹線に乗れさえすれば、耀仁より先に帰って彼を部屋で迎えられる。

本家行きには、ペットキャリーに入ったポメ吉も帯同している。

耀仁から『心配だから、何かあったときのために連れていってやって』と言われ、意外なことに光延の許可も出たので連れていくことにしたのだ。

耀仁は子供の頃に拾った仔犬に、翔竜《しょうりゅう》という名をつけて可愛がっていた。雑種の大型犬だった翔竜は、冬雪と出会う少し前に天国に行ってしまったそうだが、犬がいただけあって本家の人々は皆犬好きだ。ポメ吉は、冬雪が手伝いをしている間は、用意してもらったふかふかの座布団の上で大人しくしている。持ち前の愛らしさで、川見を含めた使用人たちからも大人気だった。いるだけで場を和ませてくれて、緊張していた冬雪も助けられている。

「ただいま、ポメ吉。お留守番ありがとう」

マンションに帰り、迎えてくれたご機嫌なポメ吉を撫でる。

「いいお肉が特売で買えたから、茹でたらポメ吉にもお裾分けするね」

「アン、アンッ!!」

尻尾をちぎれんばかりに振るポメ吉の応援を受けて、冬雪は張りきって夕食作りに取りかかった。

「ただいま、雪くん」

玄関のドアを開けた耀仁は、冬雪の顔を見るなりホッとしたように表情を緩めた。新しいドラマの役柄のため、撮影中の彼は先月ブリーチした淡い金髪だ。

「おかえりなさい、お疲れさまでした」

耀仁の帰宅が嬉しくて笑顔で出迎えると、彼はジャケットを脱ぐどころか鍵も手に持ったまま、すぐに冬雪を抱き締めてきた。

二人の足元では、ご主人様の帰宅に大喜びのポメ吉がうろうろしている。

「あー、雪くんの匂い、癒やされる……」

冬雪の肩先に顔を埋《うず》めた彼が、くんくんと首筋の匂いを嗅ぎ、満足そうなため息を吐く。帰るなり癒やしを求めているところをみると、相当疲労が溜まっているのだろう。撮影現場の状況が伝わってくる気がして、冬雪は心配になった。

「あの……耀仁さん、おなかすいてませんか?」

夕食はとったが軽く何か食べたいと言ってくれたので、彼がシャワーを浴びている間に急いで支度する。昨日留守にしていた分も、今日は家事に精を出したので、夜食も風呂も準備は万全だ。

耀仁がバスルームを出る気配がしたので、ゆっくり座れるソファのほうがいいかなと、そちらに盆を運んだ。冬雪がテーブルに皿を並べていると「ありがと。美味しそうだね」と言いながらソファに座った耀仁が、匂いに気づいたのか、不思議そうな顔になった。

「あれ……、この煮物の味付けって梅酢？」

「そうなんです、川見さんに教わってきました」

本家での料理の味付けを教わる中で、『この煮物、子供の頃から坊ちゃんの好物だったんですよ』と川見がレシピを教えてくれた。隠し味として梅干しを作るときに出る梅酢を使うのは初めてだが、味見するとさっぱりしていて美味しかった。

耀仁も、冬雪が作った鶏もも肉とごぼうの煮物をぺろりと平らげて「懐かしい味がする」と笑顔になった。おかずはお代わりまでしてくれて、食欲はあるようだと冬雪はホッとした。梅酢は栄養価が高くて疲労回復にも効果があるらしいので、また作ろうと決める。

「耀仁さん、お茶……」

食器を片付けてから茶はどうかと訊こうとすると、彼は珍しくソファでうたた寝をしていた。

肘を突いて眠る端整な顔の目元には、うっすらとクマができている。金髪姿は、彫りが深く目の色が薄い彼によく似合っているけれど、がらりと印象が変わって、別人みたいに見える。

(疲れてるんだな……)

ここのところの耀仁の帰宅は遅く、日によっては明け方に帰ってくることすらもある。

二か月前、冬雪とともに本家を訪れたあと、彼はすぐ新しい連続ドラマの撮影に入った。

それからというもの、俳優である雨宮耀の激務ぶりには拍車がかかっている。

耀仁は普段、めったに家で仕事の愚痴を言わない。だから確実なところはわからないのだけれど、今回の仕事には何か問題があるようだ。しかも、どうやら相手役がドラマの主役級は初めての新人らしい。撮影に緊張していてNGが多く、現場が混乱しているということだけは、偶然流れてきたネットのニュースで見かけた。

おそらく、耀仁の疲労の原因の一つはそれだろう。

先日、マネージャーの三善が、荷物が多い耀仁を手伝って一緒に部屋まで届けに来た。去り際、三善は『今後は共演NGにしましょう』と耀仁に声をかけていた。珍しく三善が腹立たしそうな表情を浮かべていたので、今回の撮影絡みのことだったらと、冬雪は不安になった。

そのせいなのかはわからないけれど、耀仁からは『ごめん、今回のドラマだけは、できれば見ないでもらえる？』とすまなそうに頼まれていた。

いつも新作のドラマを楽しみにしている、雨宮耀の大ファンの冬雪としては正直残念だけれど、彼の嫌がることはしたくない。そもそも、耀仁が公開されると知らずにいたドキュメンタリー以外でそんなことを言い出すのは初めてなので、よほど見られたくないのだろう。そう察して、わかりましたと素直に受け入れた。

（このまま寝たら、風邪ひいちゃうかも……）

耀仁は起きる気配がない。疲労が濃いところに腹に温かい食べ物を入れたせいか、限界がきたようだ。ベッドで休んでもらいたいけれど、よく寝ているようなので、すぐに起こすのは忍びない。室内はエアコンと床暖房がついていてほどよい暖かさだが、このところ寒さも深まってきた。彼は体調を崩すわけにはいかない仕事だから心配だ。

三十分くらいしたら声をかけようと決めて、冬雪は寝室からブランケットを持ってきた。起こさないように気をつけながら、そっと耀仁の体にかけようとする。

そのとき、長い睫毛がかすかに震えて、薄い飴色の目がぼんやりと冬雪に向けられた。

「あ……僕、寝てた？」

「はい、でもまだほんのちょっとしか経って……わっ」

ふいに背中に腕が回ってきて、抱き寄せられる。立っていられなくなって、冬雪はとっさにソファの座面に膝を突いた。耀仁がそのままごろりとソファに仰向けになり、冬雪は彼の上に乗る体勢で抱き寄せられる。

これでは全体重を彼にかけることになってしまうと、冬雪は慌てた。

「もう少しこのままでいてよ」とせがまれて、動けなくなる。

「あ、あの、重くないですか？」

「全然。雪くんは本当に軽すぎるよ。あー……こうしてると、あったかくて気持ちいい」

そう言いながら、彼は微笑んで、自分の上に乗せた冬雪を見つめた。シャワーを浴びたてで素顔だというのに、耀仁はメイクをしてドラマに出ているときよりもかっこいい。

毎日会っていて見慣れているはずだ。それでも、息が触れそうなほどの距離で向き合うと、神々しいまでの彼の美貌に、冬雪はいつも呼吸が止まりそうになってしまう。

「毛布かけてくれようとしたんだね、ありがとう」

項を撫でられて彼のほうに引き寄せられ、額にちゅっと音を立ててキスされる。そのまま唇を重ねられそうになり、冬雪の体はぎくっとなった。

「……これ、やっぱり落ち着かないよね」

冬雪の視線が見ているものに目敏《ざと》く気づいたらしい。苦笑いを浮かべながら、耀仁は自らの前髪をひとすじ摘んだ。

「い、いえ、そんなことは……とても似合ってますし」

「気を使わなくていいよ。実はブリーチしてから、僕も鏡の中の自分を見るたびぎょっとしてるんだ。正直、今もまだあんまりしっくりこないし」

耀仁は苦笑して、無造作に髪をかき上げた。

今の流行りらしく、彼の金髪はミルクティーみたいに綺麗な色だ。

これまで、役柄によってかなり明るめの茶色や黒髪にすることはあったが、耀仁が金髪にするのは初めてだ。

今回はミュージシャン役だからか、監督から体も絞るよう言われたらしい。先月の耀仁は、ジムの栄養士が決めた通りに冬雪が作った減量メニューを食べて、筋肉がつきすぎないようにトレーニング量にも注意していた。その上、髪色まで好みじゃないものに変えなければならないなんて、俳優業は本当に大変な仕事だ。

「もう何シーンか撮ったら元の髪色に戻せる予定だから」

耀仁の言葉に冬雪はホッとした。

正直なところ、金髪の彼は毎日見ていてもいまだに慣れない。

客観的に見れば、外国の血が混ざっている耀仁には、この髪色は想像以上に似合っていると思う。けれど、なんだか別の人みたいに思えることがあって、そのせいか、触れ合うときも、冬雪は戸惑いを隠しきれずにいた。

「……雪くんは、仕事のこと全然訊かないね」

ふいにまじまじとこちらを見ながら言われて、冬雪は目を瞬かせた。

「え……えと、訊かれたくないかなと思って」

特に、見ないでほしいと言われているドラマの撮影中だと思うと、訊くわけにはいかないと思う。

「気を使わせてごめん。いつもなら訊いてくれていいんだけど、今回はちょっと……察してるかもしれないけど、あまり、撮影が順調に進んでなくてね」

珍しく耀仁が苦悩の顔で弱音を吐く。

これはよほどのことだと、冬雪は不安になった。

「NGの回数とか、演技のうまい下手は問題じゃないんだ。僕も新人の頃があったから、撮り直しに文句はないし、こちらもサポートすべきだと思ってる。問題は、それ以外のところ……なんだろう、人間性っていうか、相性っていうか」

「それは、難しいですね……」

冬雪にもこれまでのバイト先で覚えがあった。一方的で強引なやり方を進めたり、物事の受け止め方が極端だったりなど、努力しようにも相いれない相手はいるものだ。

けれど、それが長時間一緒に仕事をする相手役だとしたら、かなりきついだろう。

「いつもは相手役が誰でも仕事だからと割り切れるんだけど……とにかく今回のドラマ、いろんな意味でやりにくいんだよね」

(やりにくい、ってどういう意味だろう……)

抽象的な言い方は、優しい耀仁が、相手役を貶めないように気を使って言っているのかもしれない。

「……雪くんが相手役だったらよかったのに」

冬雪を抱き締めながら、冗談でもなさそうな口調で言って、彼がため息を吐く。

「俺が相手役だったら、きっともっとNG出しちゃいます」

冬雪が微笑むと、「雪くんが相手役なら、どんな失敗をされてもイライラしないよ」と言って、耀仁も表情を緩めた。

「面倒な話を聞かせてごめんね。でも、山場を越えたら、もうちょっと状況もましになるはずだし、もっと早く帰れるようになるから」

彼が顔を寄せてくる。今度は目を閉じて、冬雪は従順に口付けを受け入れた。

「ん……、ふ」

すぐに熱い舌が咥内に入り込んでくる。舌を深く搦め捕られて愛おしむみたいに吸われたかと思うと、まるで美味なものを味わうかのようにねっとりとしゃぶられる。淫らな口付けを与えられて、冬雪は無意識のうちに甘い息を漏らした。

彼の手がエプロンをつけたままの冬雪の背中を撫で下ろして、腰の辺りに触れてくる。耀仁の硬い腿をまたぐ体勢で、ジーンズ越しの冬雪の股間はぴったりと押し潰されている。熱っぽいキスを続けるうちに、冬雪のささやかなそこは熱を持ってしまう。

(あ……耀仁さんも)

それと同時に、衣服越しにも耀仁の硬くなったモノが冬雪の下腹を押し上げているのがわかって、いっそう体が熱くなった。

唾液を絡める音を聞きながら、次第に濃厚になっていく彼のキスに溺れる。

耀仁の大きな手が髪の間に差し入れられ、冬雪のさらさらした髪をかき乱す。彼のもういっぽうの手は背中に回り、エプロンの紐とシャツをかいくぐって肌をじかに撫でてきた。

筋肉がついているせいか、耀仁は冬雪より体温が高くて、触れられるだけでも心地いい。

しかもその器用な手は、どこをどう触れば冬雪が熱を上げて身悶えるかを知り尽くしているのだから。

「雪くん、顔が真っ赤だ」

「あ……っ」

頬を緩めた耀仁が何度もキスを繰り返しながら、その合間に囁いた。

「僕とキスするの、好き？」

冬雪がこくりと頷くと、僕もだよ、と嬉しそうに言って、彼がまた冬雪の唇を優しく吸った。

耀仁にキスされているだけで体中から力が抜けて、冬雪は何も考えられなくなってしまう。冬雪はすべて耀仁が初めてだった。だから、唇を触れ合わせることがこんなにも気持ちがよくて、体の芯まで熱くさせるものだなんて知らなかった。

巧みな彼の唇で、あっという間に全身が蕩けていく。

耀仁は冬雪の小さな唇を深く貪りながら、その合間に、頬やこめかみや、顔のいたるところに慈しむような口付けを落とす。

情熱的すぎる恋人の口付けに、冬雪は頭がぼうっとなるのを感じた。


やっとキスを解くと、彼の目がちらりと壁掛け時計に向けられる。

洒落たデザインの時計の針は午前一時過ぎを指している。

「もう一時だ。ごめんね、こんな時間まで付き合わせちゃって」

すまなそうに言ってから、耀仁が冬雪の髪を撫でて微笑みかける。

「そろそろ寝ようか」

きっと、彼はそう言うだろうと思っていたが、冬雪はもどかしい気持ちになった。

帰宅時間が遅くなると、彼は冬雪を抱かない。

命を救ってくれた恩人から恋人へと関係が変化してから、耀仁は二日と空けず冬雪に触れていた。冬雪が拒むことはないので、時間さえ許せば毎日のようにしていたときもあったほどだ。

けれど、最近の激務で気づいたのだが、どうも耀仁は帰宅が零時を越えたらしないと決めているらしいのだ。だから、ここ二か月ほどは数えるほどしかしていない。最後にしたのは二週間前で、ここまで濃厚なキスをされたのも久しぶりだった。

もちろん、忙しくてする気になれないなら問題はない。けれど、耀仁は『したいけど、もう遅いし』と言って、いつも名残惜しそうに冬雪から手を離す。しかも、今も冬雪の腹の辺りを押し上げている硬いモノの感触を考えると、したくないとは思えない。

冬雪はゆっくりと身を起こす。耀仁の腰の辺りにまたがる体勢になることに戸惑いつつも、おずおずと彼を見下ろした。

「耀仁さん、あの……明日の出って早いですか？」

「いや、明日は機材の調整が入るから、ちょっと遅めだよ。朝九時過ぎに出ればスタジオ入りに間に合うと思う」

だったら、まだ時間がありそうだ。思い切って冬雪は切り出した。

「じ、じゃあ、もし、迷惑じゃなかったらなんですけど……」

「うん？」

じっと見つめてくる耀仁の視線を感じて、言葉に詰まる。『セックスしてほしい』と口に出して頼むことが、こんなに難しいなんて。

顔を熱くして冬雪が言葉を選んでいると、ふいに耀仁が冬雪の手を握った。

「もしかして、だけど……雪くんも、溜まってる？」

ストレートに訊かれて、驚きで冬雪の体はびくっとなった。

すると、口の端を上げて、「可愛い」と言った耀仁は、冬雪の髪を撫でながら、意外なことを言った。

「じゃあ雪くんだけ気持ちよくしてあげるね」

エプロンの裾を捲られてジーンズのジッパーを下ろされそうになり、「そ、そんなわけにいかないです」と冬雪は慌ててその手を止めた。

「疲れてるなら、俺に構わずに休んでください。でも、もし俺とするのに飽きたってことじゃなかったら――」

「何言ってるの、僕が雪くんに飽きるなんてありえないよ」

面食らったように言って、彼が冬雪の鼻に指先でツンと触れる。

「だったら、耀仁さんがしたいようにしてください」

必死の思いでそう言うと、ふと彼は真顔になった。

「……そんなこと言うと、一晩中、寝かせてあげられなくなっちゃうんだけど」

一瞬、ぽかんとした冬雪は、その言葉が意味することに気づいて、カッと頬に熱が上がるのを感じた。

「ただでさえ、僕のめちゃくちゃなスケジュールに雪くんを巻き込んでるんだ。帰宅は午前様になっても、いつも待っててくれてるし、家のことやポメ吉の世話まで全部任せっきりだろう。これ以上君の負担を増やして、振り回したくないよ」

――やはり、耀仁は冬雪の生活のリズムを乱すことを恐れて、手を出さずにいたようだ。

「俺、少しも負担だなんて思ってません」

最近は調理補助のバイト先の人手が足りていることから、出勤日数が減った。本家に花嫁修業に行くのだって月に一日だけだ。その他の日は、毎日好きな料理を作り、次の料理本のためのレシピ案を作り溜めている。

黒いもやもやたちに怯えながらバイトに明け暮れていた頃に比べれば、格段に楽な暮らしをさせてもらっている。家を綺麗に整えて夜遅くに帰宅する彼を待つことは、自分にとって幸せでしかないのにと、冬雪は焦れた気持ちでいっぱいになった。

「俺が、だ、抱いてほしいってお願いしても、駄目ですか……？」

触れている彼の体がかすかに強張る。

「僕に気を使わなくていいんだよ」

そう言いながら、耀仁が身を起こす。冬雪は彼の膝をまたいだ体勢で、二人は向き合った。

「僕が求めたら、雪くんはぜったい断らないよね？」

冬雪は戸惑いながらもこくりと頷く。

だがそれは、断る理由がないからだ。耀仁は冬雪の腰に手を回して引き寄せると、自嘲するように続けた。

「バイトの日で疲れてても、夜遅くて眠かったとしても、雪くんはぜったいに快く応じてくれちゃうし。でも、そういった細かいことの積み重ねで、愛情って薄れていくものだと思う。僕が我慢すればいいだけのことだし、雪くんに無理させたくないんだ」

（無理なんかしてないのに……）

彼は、冬雪のことを気遣うあまり、自らの欲望を抑え込もうとしている。冬雪は、大好きな耀仁のためならなんでもしたいと思っているのに。

もどかしく思っているが、なんと伝えたらいいかわからない。ふいにじわっと視界が滲んで、そんな自分自身にぎょっとする。

「雪くん、泣いてるの？」

耀仁が狼狽えたように慌てて訊ねてきた。

「な、泣いてないです！」

冬雪はぶるぶると首を横に振る。こんなことで泣くなんてと、自分を叱咤しつつ、慌ててエプロンの裾を持ち上げてごしごしと目元を拭った。

「困らせちゃって、すみません。耀仁さんこそ、無理はしないでくださいね」

無理にも笑みを作って言う。

すると、裾を握り締めて逆さまになったエプロンのポケットから、何かがぼとぼとと落ちた。

「え、これ……」

ソファの座面に転がったものを見て、耀仁が目を瞠る。

慌てて冬雪が拾おうとするより、彼のほうが素早かった。

――小さめの潤滑ジェルのチューブと、コンドーム。いつも、耀仁との行為のときに使っているものだ。

びっくりしている様子の彼に、冬雪は今度は、羞恥のあまり泣きそうになった。

「あ、あの、これは……！」

あわあわしながら説明しようとすると、耀仁は自らの額に手を当てて目を閉じた。

「うん。ちょっと待って。頭の中を整理したい。これってずっとエプロンに入れっぱなしだったわけじゃなくて、今日か昨日、雪くんが自分で入れておいたってことだよね？」

「はい……」

うつむくと、蚊の鳴くような声で冬雪は答えた。

今朝出かけるとき、耀仁は『今日はいつもよりは少し早く帰れるといいんだけど』と言っていた。セックスは耀仁の部屋ですることがほとんどだけれど、ごく稀にだが彼の部屋に行く余裕がなく、居間ですることもあった。だから、念のためポケットに入れておいたのだ。

「耀仁さん、この間、居間でしたとき、ジェルを取りに急いで寝室に行ったから……だから、その、あらかじめ、俺が持っておいたらいいのかなって……」

――だが、せっかくの準備も無駄だった。耀仁にはするつもりはなかったのだから。

それなのにこんな準備をしていたことが恥ずかしい。どうしても彼としたくてたまらない、いやらしい奴だと思われただろうか。

たどたどしく説明しながら、冬雪はおそるおそる視線を上げる。耀仁の端整な顔の目元は、なぜかうっすらと赤くなっている。

「参ったな……さっきはあんなこと言ったけど、我慢できなくなりそうだ」

そう言うと、彼が顔を寄せてきて、冬雪の心臓の鼓動が大きく跳ねた。

「雪くんが僕のことを好きでいてくれることも、僕とのセックスが嫌じゃないってことも、ちゃんとわかってるよ。ただ……僕がしたがるからとか、そういう気遣いはいっさい抜きで考えてみてほしい。雪くん自身が本当はどうしたいのか知りたいから」

――冬雪自身が望んでいること。

「……耀仁さんは、俺が無理してるかもってすごく気遣ってくれますけど……俺、そこまで気弱じゃないです」

自らの心の中を探りながら、冬雪は続けた。

「したくないときは、ちゃんとそう言います。だから、俺は……もし耀仁さんが、したいと思ってくれるなら、その……」

耀仁が凝視しているのを感じて、言葉に詰まった。

「い、いつでも、何回でもいいから……好きなときに、してください。それが、俺の望みです」

それが、冬雪自身の正直な気持ちだった。

かすかに瞠られた薄い飴色の目は、冬雪だけをまっすぐに射貫いている。

見つめてくる視線の熱さに、じんわりと額に汗が滲んだ。

急に耀仁が大きく肩で息をする。背中に回った彼の腕にぐいと抱き寄せられた。

「やばい……ゴムとか準備しててくれたのも、かなりキたけど。雪くんのおねだり、めちゃくちゃ興奮する」

冬雪を抱き竦めながら、照れくさそうな声音で呟くと、耀仁はふいに身を離して間近から目を覗き込んできた。

頬に手を添えられると、彼の手は驚くほど熱い。

「雪くんも、僕とセックスしたいと思ってくれてたんだね」

冬雪は自分の頬が赤らむのを感じながら、こくこくと頷いた。

「嬉しい」と一言だけ呟いた彼が、感極まったみたいにぎゅっと抱き締めてくる。やっと気持ちが伝わったのだとわかってホッとした。

彼が冬雪のエプロンを捲り上げ、ジーンズのボタンを外す。

肌に触れた耀仁の手は、さっきキスされたときよりも更に熱く感じられた。

「ふ……っ、あ、ぅ……」

ソファに座った耀仁の首に抱きつきながら、冬雪は必死で声を抑えようとしていた。

彼の腿をまたぐ体勢で、下肢に身につけているのはもう靴下だけだ。

シャツとエプロンを身につけたまま、ジーンズを下着ごと脱がされた。珍しく上衣を脱がされなかったのは、冬雪を気遣い、なるべく早く済ませるためだろう。

脱がされたときから、すでに冬雪のモノは半勃ちになっていた。先ほどの濃厚なキスですっかり昂ってしまっていたことを知られるのは恥ずかしかったけれど、幸い、長めのシャツの裾とエプロンで隠れている。

「これ、使わせてもらうね」となぜか嬉しそうに言ってから、彼は冬雪が用意していたジェルを指に出す。あらわになった冬雪の小さな尻を撫でると、後ろに少しヒヤッとする感触のぬるぬるしたものを塗りつけられた。

「指、挿《い》れるね」

頷くと、滑《ぬめ》りを帯びた指がゆっくり入ってくる。

「ん……っ、あ、ぁ……」

しっかりとした指がじわじわと中に差し込まれて、反射的に冬雪は身を強張らせた。そこの力を抜かなくてはと思うのに、逆に体が竦んで、うまく言うことを聞かない。

「久しぶりだからかな、すごくきつい」

「ご、ごめんなさ……っ」

「いや、謝らないで。ぜったいに痛くしないから大丈夫だよ。僕にもっと体を預けて、もう少し力を抜いてみて？」

優しく囁いた耀仁が、冬雪の背中を撫でる。言われた通り、冬雪は必死で力を抜こうとした。

彼のジーンズ越しの硬い腿にまたがっているので、冬雪は脚を大きく開いている。

「そう、上手」

褒めるように何度もこめかみや頬に口付けながら、彼が冬雪のきつい後ろを指で慣らしていく。

「あ、耀仁さん、そこ……っ」

彼が中で指を曲げて、腹側の一点を擦るようにすると、腰から背中まで疼きが走った。

「大丈夫だから、そのまま感じてて」

中の感じるところを刺激されて、膝に力が入らなくなった。

腰を引き寄せられると、冬雪の小ぶりな昂りが、エプロンの布越しに、彼のジーンズと軽く擦れる。

「んん……っ」

かすかな痛み交じりの刺激すら快感に変わり、冬雪は耀仁の首にしがみついて身悶えた。

無意識のうちに、後ろを入念にほぐす長い指から腰が逃げようとする。だが、そうすると、昂った冬雪の前が、彼の張り詰めたジーンズの前立て部分と擦れてしまう。

見下ろした視界に、自分が垂らした先走りでエプロンが湿っているのが映って、たまらないほど恥ずかしくなった。

「あぅ……、ん、ん……っ」

「これ、気持ちいい？」と耳元で訊ねられて、真っ赤になりながらこくりと頷く。よかった、とホッとしたように彼が微笑んだ。

「本当は全部脱がせて、時間をたっぷりかけて体中可愛がってあげたいけど、そうしたら朝まで放してあげられなくなるから」

彼がつらそうに言って、冬雪の昂りをそっと握る。

「あうっ！　あっ、あっ」

後ろを指で開かれながら、エプロン越しの前を擦られて、声が堪えきれなくなった。

布越しの先端を親指でほんの軽くなぞられただけで、またじわっと先走りが溢れてしまう。

久しぶりに耀仁に触れられていると思うだけで、体が熱くてどうしようもない。

その間も、後ろに挿れられた彼の指がくちゅくちゅという音を立てている。

「あ……、んっ」

「雪くんの可愛い声聞いてるだけで、イきそうだ」

熱っぽい声で呟いて、耀仁が冬雪の首筋に何度も吸いつくようなキスをしてくる。

前を弄られながら後ろを指で慣らされて、異なる刺激に冬雪は翻弄された。指を動かされるたび、びくびくと勝手に肩が震える。

「雪くん、可愛い」という囁きが耳に吹き込まれる。羞恥で身を熱くしながら、無意識のうちにまた彼の指を締めつけてしまう。

何度かジェルを足して、次第に指を増やされる。彼の指を三本呑み込めるまでじっくりと慣らされるうち、喘ぎながら耀仁の肩にしがみつくだけでせいいっぱいになった。

「はあ……っ、は……」

やっと指が抜かれると、冬雪の膝は完全に崩れてしまった。荒い呼吸を繰り返して、抱き寄せられるがまま耀仁にもたれかかる。

ふいに彼が冬雪の背中を支えながら身を起こした。

頭の下に手を入れられつつ、そっとソファに仰向けにされると、今度は耀仁が伸しかかってくる。そのまま唇を啄まれて、エプロンを脱がされると、シャツと纏めてみぞおちの上まで捲られる。

あらわになった自分の性器は、先端から濃い蜜を纏わせている。まじまじとそこを見た彼が嬉しそうに微笑んで、顔から火が出そうになった。

いったん身を起こすと、耀仁はジーンズの前を開け、下着をずらして自らの性器を取り出す。逞しい性器は、すでに完全に上を向いている。

彼は先ほど冬雪のエプロンのポケットから落ちたゴムを拾い上げ、手早くつけた。

膝を持ち上げられて、挿れるよ、と言われて、冬雪はこくこくと頷く。

身を倒してきた耀仁に口付けられ、ジェルで滴るほど濡れた後孔に、張り詰めた先端が擦りつけられる。彼は急がず、少しずつ冬雪の中に自分のモノを呑み込ませていく。

「ん……っ」

狭いところを押し開かれて、硬さと圧迫感で、冬雪は息ができないほどになった。

けれど、先端の膨らみがすべて入ると、少し楽になる。力が抜けたのがわかったのか、その瞬間に、ぐぐっと一気に奥まで貫かれて息を呑んだ。

「あぅっ、あ……っ、ああっ」

ずんと一度、慣らすように軽く奥を突かれる。数回そうされて、その衝撃だけで、冬雪の前から濃い蜜がぴゅくっと溢れ出した。

あっけなく達したその最中、大きな手で腰を掴まれてゆっくりと抜き挿しが始まる。

冬雪はとっさに耀仁の腕を掴んだ。

「ま、待って、あっ、ん……う、ぅっ」

「ごめん、もう待ってあげられないよ」

どうやら我慢の限界だったようで、かすれた声で言った耀仁が、荒々しく腰を使い始める。

「あぁ……っ、あっ、ん……うっ」

硬く張った耀仁の昂りの先端が、冬雪の中を自らのかたちに押し広げて、感じる場所をずくずくと擦り立ててくる。そのたびに痺れるような刺激が冬雪の背筋を駆け上がった。

突かれると、蜜を纏わせたまま再び頭をもたげた自らの性器が、腹の上で頼りなく揺れるのが見える。

「あっ」

彼の指が、冬雪のシャツ越しの乳首を探る。すでに尖っていたそこをあっさり見つけられて、布越しに摘まれると、また恥ずかしいほど甘い声が漏れた。

「んっ、あ、あんまり、そこばっかり、しないで」

冬雪が必死で頼むと「ごめん、痛かった？」と心配そうに訊かれる。そうではなく、胸をしつこく弄られていると、また自分だけイってしまいそうなのだと正直に答えると、耀仁はなぜか一瞬固まった。

「ひゃっ、や……っ、だ、ダメですって……っ」

頼んだこととは逆に、捲り上げたシャツの中に手を差し込まれて執拗に弄くられ、冬雪は涙目になった。じかに乳首を捏ねられ、小さな乳首を捕らえられる。硬い指先で優しくきゅっと摘まれた。

そうしながら、耀仁が口の端を上げる。

「ここ、好きなんだよね？　我慢なんかしないで、何度でもイっていいから」

「ダメで……っ」

舌を絡めるキスでそれ以上の言い分を塞がれる。

後孔を極太の昂りでゆるゆると擦られながら、敏感な胸の尖りを弄られるのは、たまらないほどの刺激だった。

乳首を硬い指先できつく押し潰されるたびに、達してしまいそうな快感を与えられる。絶頂寸前の刺激を繰り返されて、喉の奥で喘ぎながら、冬雪はびくびくと体を震わせた。

「雪くん、すごく感じやすくなったね……」

口付けを解いた彼が、感嘆するように言って冬雪を甘い目で見つめる。

冬雪もまた、潤んだ目で耀仁を見上げた。

ずっと喘がされ続けて、喉が痛い。重たく感じる腕をおずおずと彼の項に回して、冬雪はぎこちないキスをした。すると、中を押し開く彼の昂りがずくりとまた大きくなるのがわかった。

「……もっと、もっと、雪くんの感じてる顔が見たい」

間近で目を合わせて囁かれ、ぞくぞくとした甘い疼きを感じた。

興奮した様子の耀仁は少し髪を乱していて、壮絶な色気を放っている。ねっとりと舌を絡めるキスをされて、喉のほうまで舐められる。されるがまま彼の舌を受け入れた冬雪は、自分も舌を動かして必死に応えようとした。

「はあ、信じられないくらい可愛い……」

彼が項にかけられた冬雪の手を強く握り、感極まったみたいに手の甲に何度もキスをしてくる。繋がったまま冬雪を抱き締めると、耀仁はふいに身を起こした。

「あ……っ」

視界が一転し、冬雪は彼の膝に乗せられる。向かい合わせに抱き締められ、間髪を入れずに体を揺さぶられた。

「や……、あっ、ああっ！」

中を貫くものの角度が変わり、大きすぎる彼の性器が苦しいほど奥まで入ってくる。

冬雪に限界まで呑み込ませると、耀仁は激しく腰を動かし始めた。

「ああっ！」

腹の奥のほうを何度も擦られて、頭の中が真っ白になる。揺らされながら、彼の硬い腹で押し潰された冬雪の性器が、二度目の蜜を溢れさせた。

「……気持ちよすぎて、体が蕩けそうだ」

反射的にきつく身を引き絞ったことで、耀仁が苦しそうに眉根を寄せる。

「ごめん、出してもいい……？」

訊ねられて、ぐったりと胸を喘がせていた冬雪は朦朧としたまま頷く。

力の入らない体を抱き直され、激しく揺すられる。柔らかくなった中をガチガチの耀仁のモノで擦られて、冬雪は悲鳴のような嬌声を上げた。

「ひゃうっ！　んっ、あ、ああ……っ！」

冬雪の腹の奥で、ゴム越しにどっと熱いものが吐き出される。

びくつく彼のモノの感覚が、冬雪をおかしくさせる。

「は、あっ、はあ……」

甘く喘ぎながら彼にしがみつく。

ぼんやりと放心していると、荒い息をした耀仁に顎を捕らえられて、激しく唇を奪われた。

「……本当は、毎朝毎晩こうしたいんだ」

焦れたように言って、彼が口付けてくる。

冬雪は情熱的な恋人の熱に溺れた。

——耀仁が珍しく、今回の仕事を『やりにくい』と言っていた理由が偶然にもわかったのは、その翌日のことだった。

(写真って難しいなあ……)

名残惜しげに出かけていく耀仁を見送ったあと、出来上がったばかりのスイーツをあれこれと工夫しつつ、冬雪はスマホを向けて写真を撮っていた。

写真はバイト先の同僚たちが教えてくれた食べ物が美味しそうに撮れるというアプリを使って、なるべく明るい時間に撮るようにしている。光の加減で雰囲気ががらりと変わってしまうので、食べ物の写真はとても難しいと思う。

妥協して、何枚か撮った中で一番いい感じに撮れたものを選ぶ。クリスマスのタグをつけて、写真特化型のSNSにアップした。

ふいにタイムラインがスクロールして、いきなり耀仁の顔が出てきて、どきっとした。化粧品ブランドの公式アカウントが、新しいCMのフォトカットをアップしたらしい。

なんと彼は先日、新しく女性用化粧品ブランドのアンバサダーに選ばれた。このときはいつも通りの艶やかなブラウンの髪を撫でつけ、やや濃いめのメイクをしている。光沢のあるクラシックなスーツ姿で、こちらに流し目をくれながら口紅を手の甲に塗る姿は妖艶で、ぞくっとするほどの色気を滲ませている。

冬雪は思わず惚れ惚れとしてその写真に見入った。

動画の中の耀仁と目が合うと、ふいに昨夜のことが蘇って、顔が熱くなってしまう。

結局、一度では終わらず、寝室に移ってからもう一度抱かれた。『ごめん、結局遅くまで付き合わせちゃった』とすまなそうにしていたが、耀仁が熱烈に欲しがってくれたことが嬉しくて、夢みたいに幸せな時間だった。

今朝はいつも通りの家事を済ませてから、スイーツ作りに取りかかった。

もうじきクリスマスだ。そのあとは正月もあり、レシピが必要とされるイベントが続く。

今日作ったのは、たっぷりのホイップクリームでデコレーションした白いケーキだった。

中身は豆腐を使ったレアチーズケーキで、土台は市販のクッキーを砕いて作る。火もオーブンも使わないので、子供だけでも作れるわりに見栄えがいい。比較的万人受けするスイーツなので人気がある。もうちょっと費用をかけてもいい日用に、プラスでアレンジをして飾り切りしたイチゴをのせ、レアチーズにいちごジャムを混ぜて作るピンク色のケーキのレシピも作ってみた。

クリスマス用のケーキやパーティー料理などのレシピは、すでにあれこれとSNSにアップ済みだ。イベント間近の今は、短時間で簡単に作れたり、なるべく安く少ない材料で済ませられるレシピをというコメントがたくさん来る。誰かの役に立てたらと思いながら確認していると、アップしたばかりの写真にいいねをつけてくれた人がいて嬉しくなる。

そうしているうち、ふと足元で見上げるつぶらな目に気づく。冬雪は慌ててしゃがみ込んだ。

「ポメ吉。ごめんね、すぐに気づかなくて」

いつの間に来たのだろう。作業に集中していたせいか気づかなかった。足元で寂しそうにお座りしていた小さな体を抱き上げると、尻尾がぱたぱたと揺れる。

「小腹がすいたのかな？　おやつ食べる？」

「アウッ、アウッ！」

『そうそう、それです』というみたいにポメ吉が必死で鳴く。

すぐにあげるね、と笑って、冬雪はいつもの茹でササミを細かくしたものを出してやる。

皿に顔を突っ込んではぐはぐ食べているのに頬を緩めながら、ちょうど一区切りついたので、自分も茶を淹れて少し休憩することにした。

「これが耀仁さんの分。こっちはバイト先の皆に持っていこう」

自分の分を皿に載せてから、スイーツの数を確認して冷蔵庫に入れる。ソファに移動して、味の調整をどうするかなど、気づいたことをメモしながら食べた。

おやつを食べ終わったらしく、冬雪の膝に手をかけてきたポメ吉を抱っこしてやる。

ふと時計を見て、慌ててリモコンを手に取り、テレビをつけた。

「ポメ吉、耀仁さんの新しいＣＭが見られるよ」

腕の中の小型犬に声をかけてから、冬雪はリモコンを操作した。

薄型の大きな液晶テレビに、人気のアナウンサーが出演する午後のニュースバラエティー番組が映し出される。

この番組の提供スポンサーは、耀仁が出演しているドリンク飲料の会社だ。情報サイトによると、彼のＣＭは今日からクリスマスバージョンに変わる予定なので、それが見たくてチェックしていたのだ。

耀仁は数多くの企業のＣＭに出ているけれど、本人はオンエア情報までは知らないことが多い。冬雪にはマネージャーの三善が時々スケジュールを教えてくれたり、または企業のサイトで発表されるオンエア予定をチェックして知ることがほとんどだ。

番組表を確認すると二時間の帯番組らしい。

今はショッピングコーナーの時間だったらしく、中年の男性タレントが、新商品だという暖房器具の機能を熱心に説明している。

コーナーが切り替わると『では、年明けから始まる冬クールのドラマの紹介です！』とアナウンサーが言い出す。

ハッとして見ると、ラインナップされた三作品のうち一作は、やはり耀仁が主演するドラマだった。

（ま、まずい……！）

にわかに冬雪の額に冷や汗が滲む。

『こちらのドラマは男性同士の恋愛を描いたドラマで、来期の注目作です。主演は俳優の雨宮耀さんと、アイドルグループBe-wish《ビーウィッシュ》のKEITAさんですね。大人気のお二人の共演です』

雨宮耀の写真と名前のテロップ、続けて二十一歳だという相手役の紹介が流れる。更に、ドラマの撮影風景と、蔵出しだという二人のシーンが映し出された。

『見ないでほしい』と言っていた耀仁の言葉通り、冬雪は今回のドラマの情報は避けてきた。テレビを消さなければ、と慌ててリモコンを操作しようとする。

（あれ……？）

だが、リモコンをテレビに向けた冬雪の目は、画面に映し出されたものに釘付けになった。

耀仁の今回の相手役は、アイドルには詳しくなく、雨宮耀だけを追っている冬雪でも最近名前をよく見かける人気グループのメンバーだ。ほっそりとした青年は、紹介写真では派手な赤い髪で、さすがに人目を引きそうな綺麗な顔立ちをしている。

電源を切るのも忘れて、呆然と画面に見入る。

冬雪が思わず手を止めたのは、相手役の写真ではなく、彼が動いている撮影シーンを目にしたときだった。

相手役のＫＥＩＴＡは役柄に合わせたのか黒髪になり、がらりとイメージが変わっている。繋ぎ合わせた映像と、耀仁が歌う主題歌をＢＧＭに、テロップでドラマのあらすじが流れ始めた。

新作ドラマは『君と、最後の恋』というタイトルの、いわゆる余命ものだということまでは冬雪も知っている。

主演の雨宮耀は『桐原類《きりはらるい》』という名の売れないミュージシャンだ。そして、ＫＥＩＴＡ演じる大学生、『相野蒼汰《あいのそうた》』がその相手役らしい。

あらすじによると、バンドのボーカルでかつ、作曲と作詩も担当している類は、念願のレコードデビューを果たしたものの鳴かず飛ばず。次の曲が売れなければレコード会社との契約を切られてしまうという崖っぷちの中で、いい曲が思い浮かばずにもがいていた。

そこへ、偶然出会った蒼汰と恋に落ちるが、実は彼は重い病に侵されていた。蒼汰が余命一年足らずだと宣告されていると知り、類は自らの人生を見つめ直す。金髪だった髪色を地毛の色に戻し、蒼汰のために新たな曲を作り始めて、それが思わぬ大ヒットを遂げる。

だが、類が夢だったスターダムへと駆け上がっていく中で、蒼汰の体調はじょじょに悪化していき——という、切ない純愛を描いたラブストーリーらしい。

続けて映し出されたのは、曲作りに行き詰まった類が夜の公園を歩き、ブランコに腰かけるシーンだった。そこに一時退院中のＫＥＩＴＡがやってきて、類に話しかける。

ダイジェスト版らしく、シーンはどんどん進んでいく。軽口を叩く蒼汰に類がムッとして、初対面の二人は言い争いになった。『いらないなら捨ててやるよ』と言って、類が詩を書きつけていたノートを奪って、蒼汰が走り出す。

類が全速力で追いかけると、あっさり捕まった蒼汰は唐突に意識を失って倒れてしまう。それが冗談や演技などではないと気づいた類は、すぐさま救急車を呼ぶ。ちょうど、運ばれたのは蒼汰の主治医がいる病院だった。

目覚めた蒼汰自身から病のことを告げられて、漣はショックを受ける。類は蒼汰から取り戻した詩を自ら破り捨て、その日を機に、新たな作詩に打ち込み始める——。

食い入るように見ているうち、いつの間にか、紹介は次のドラマに移っていた。そのうちの一作は、『雨宮耀』の同期俳優である近衛正親《このえまさちか》の主演作であるラブコメものらしい。三作のドラマの紹介が終わり、番組はCMに入った。

——それは、冬雪が楽しみにしていた、今日からオンエアされる雨宮耀の新CMだった。

クリスマスの飾りつけをした部屋の中で、彼は誰かを待ちながら温かいドリンクを飲む。完璧な美貌と優しい微笑みに、冬雪は目を奪われた。

見られたことは、素直に嬉しかった。何日も前からオンエアの日をチェックして待ち構えていたのだ。それなのに、今は混乱しているせいか、いつものように夢中で楽しめない。

(……大丈夫、録画もしてるし、あとでキャンペーンサイトでも見られるはずだから……)

そう自分に言い聞かせて、やっとテレビを消す。冬雪の動揺が伝わったのか、膝の上にいるポメ吉が不思議そうな顔をして『クーン』と鳴いて見上げてきた。

慌てて気を取り直し「少し遊ぼうか?」と声をかける。尻尾をぶんぶんするのに微笑んで、最近お気に入りのおもちゃを投げてやる。

喜んで追いかけていき、持ってきてくれたポメ吉を褒め称える。

何度かそれを繰り返しながらも、頭の中では、先ほど見たドラマの相手役の姿が焼きついたように消えなくなっていた。


『一冊目にまた増刷かかりました。二冊目のレシピ本も売れ行きは絶好調なので、三冊目も続くように頑張りましょう！』


翌週、いつものように耀仁を送り出し、家事を済ませてから、冬雪はタブレットを操作した。担当編集者から届いていたメールは、二冊目のレシピ本の売れ行き状況と、一冊目に何度目かの増刷をかけてもらえるというありがたい知らせだった。

この勢いに続いて、第三弾も少しでも早いうちに出しましょうと言ってくれて、いくつかこんな本ではどうかという提案も挙げてくれている。

若い女性の編集者は熱意がある人で、調理補助のバイトのない日、ほぼ毎日のようにせっせと冬雪がSNSにアップしていたレシピもすべて見てくれたらしい。これが特に美味しそうだとか、独自性があるなど、褒め言葉が書かれている。

豆腐のパンとチーズケーキは特に人気なので、ぜひ次の本に入れましょう、とレシピのピックアップも進めてくれている。まだアップしたことのない料理についても、こういうのはどうかというアドバイスが書かれていて、とてもありがたい。

二台持ちしていた耀仁が、『こっちはほとんど使ってないから』とくれたタブレットを操作して、編集者に礼とメールの返事を送る。

アドバイスをもらった新たなレシピをノートに書き出して、さっそく作ろうかと思っていると、玄関のほうで物音がした。

「アンアンッ!!」

嬉々としてポメ吉が飛んでいく。まさか、と思いながら、冬雪も慌てて立ち上がって玄関に向かった。

この部屋の鍵を持っているのは、耀仁と冬雪以外には、万が一のために渡されている三善しかいない。

「耀仁さん!?」

やはり、帰ってきたのは今朝撮影に出かけたはずの耀仁だった。役柄のため一時的に染めていた彼の髪色は、数日前からいつも通りのブラウンに戻っている。

「ただいま。ロケが中止になって少し時間が空いたんだ。もしよかったら、この間言っていたドッグカフェに行かない?」

耀仁は、大はしゃぎしているポメ吉を構いながら、予想外のことを言い出した。

確かに先日、冬雪は彼にドッグカフェの話をした。

いつもポメ吉の散歩で行くコースの途中に、犬と一緒に食事やお茶ができる店がオープンしたのだ。

以前、冬雪が迷子のところを見つけたトイプードルの飼い主の老夫婦とは、散歩中に時々会うようになった。雑談の中で、件の店の話題になり、『わんちゃん用メニューもいっぱいあって、人間用の料理もなかなか美味しかったですよ』と教えてもらい、クーポン券までもらったのだ。

ポメ吉は利口だから、きっとカフェでも大人しくしていられるし、いつか行ってみたいと思っていた。

とはいえ、もちろん耀仁と一緒に行けるわけはない。そのことはちゃんと理解しているので、彼を誘うことすらせずにいたのだけれど――。

「雪くん、今日はどう？　レシピ作りで忙しい？」

「え、も、もしかして、耀仁さんも一緒に行ってくれるんですか？」

半信半疑で、冬雪は思わず聞き返す。

彼は苦笑して「そうだよ」と答えた。

「今日は平日だし、それほど混んでないんじゃないかな。気づかれないとは思うけど、いちおうマスクと眼鏡して、帽子もかぶるから、ちょっとうざい見た目かもしれないけど」

本当にいいんですか、ともう一度確認すると「うん。僕も雪くんと行きたいなって思ってたから。な、ポメ吉も行くだろう？」と答えてくれる。

「アンアンアンッ！」

自分も連れていってもらえるとわかったのか、ポメ吉は大喜びで尻尾を振り回しながら、二人の周りをぐるぐる回った。


「いい感じのお店だね」

ドッグカフェの店内に案内され、席につくと耀仁が言った。

二人と一匹で向かった店は、耀仁のマンションから徒歩で十五分程度の近所で、静かな住宅街に立つ高級そうなマンションの一階にあった。

帽子と伊達眼鏡とマスクで変装した耀仁は、『念のため眼鏡だけかけてもらってもいい？』と、驚いたことに冬雪の分の眼鏡まで用意してくれていた。わざわざ衣装スタッフから借りてきたらしい。

視力はいいほうなので、これまで冬雪は眼鏡をかけたことがない。ガラス越しの視界はなんだか慣れないけれど、耀仁と一緒に出かけられるなら、このくらいなんということはない。

真新しい店内は、愛犬連れの客で半分ほど埋《う》まっている。洒落たクリスマス装飾の下、奥の席には、同じ犬種の飼い主たちで集まっているらしいグループがにぎやかに談笑している。

完全防備のおかげか、俳優の雨宮耀がいることは誰にも気づかれていないらしい。店に入るまで緊張していた冬雪は、内心で安堵の息を吐いた。

「大丈夫、そんなに心配しなくていいよ。気づかれないことのほうが多いから」と小声で言って、向かい側の席に座った耀仁は笑っている。

ハワイアン風のカフェらしく、メニューはロコモコやトロピカルドリンクなどがあるのが新鮮だった。

「こいつも仲間がいるのが嬉しいのかな」

耀仁は冬雪が抱っこしているポメ吉を見て苦笑している。皆で出かけられて嬉しいのか、きょろきょろしながら目を輝かせているのが可愛い。

「こちらどうぞ」と言って、店員がポメ吉用の椅子を運んできた。

さすがドッグカフェだけあって、一緒にテーブルにつける犬用の柵がついた椅子を用意してくれたらしい。だが、さっそくポメ吉をそれに座らせると、なぜか唐突に元気がなくなってしまった。

冬雪は慌てて「やっぱりこっちに来る?」と声をかけて、小さな体を抱き上げてやる。膝の上に乗せると、すぐさま元通りの笑顔になるのを見て、耀仁と二人で笑ってしまった。

頼んだものが運ばれてくると、盛り付けも洒落ていて美味しそうだ。

あまり外食をしない冬雪は、店の料理はさすがに勉強になるなと感心した。料理の写真を撮ってもいいか、念のため耀仁に断ってから、それぞれの皿の写真を撮らせてもらう。

すると、「僕も撮っていいかな」と彼が訊いてくるので、もちろんだと皿を彼のほうに向けようとした。

「あ、違うよ、撮るのは料理じゃなくて、そっち」

「え?」

耀仁はテーブルの上の皿ではなく、なぜか冬雪たちにスマホを向けている。

いいかな?ともう一度訊かれて、やっとポメ吉を撮るのだと気づいた。「ポメ吉、耀仁さんを見てね」と言って、はにかみながら冬雪も笑顔を作る。

耀仁は何かぶつぶつ言いながら、何枚も写真を撮っている。

「はー可愛い。来てよかった」と感嘆するように呟いていたから、きっと綺麗な店を背景に、満面に笑みを浮かべたポメ吉のいい写真が撮れたのだろう。あとで見せてもらわねばならな

い。

　聞いていた通り、ドッグカフェながら、人間用のドリンクもフードメニューも美味しい。ポメ吉も、犬用メニューをがっついて食べている。

　メニューを完食して、ありがたくいただきもののクーポンを使って会計を済ませる。

　ポメ吉を抱っこして、二人は並んで店を出た。

「すごく美味しかったですね！」

「うん、なかなか雰囲気もいいし、テーブルの間隔も広くてゆっくりできてよかったよ」

　ポメ吉を歩かせて散歩させながら、マンションに戻る。

　行きは、誰かに見つからないかとびくびくしていたが、大丈夫そうだとわかったからか、帰りはのんびりと歩けた。

　まさか日中の街中を、こんなふうに耀仁と一緒に歩けるなんてと不思議な気持ちだ。まだ嬉しくて冬雪がにこにこしていると、伊達眼鏡越しに耀仁も目を細めている。

　マンションのエントランスにつくと、彼は腕時計を見た。

「そろそろ三善が迎えに来るから、撮影所に戻らなきゃ」

　冬雪がポメ吉を抱き上げると、ため息を吐きながら耀仁が言った。

　残念だが仕方ない。

ふと、彼が気を取り直したように言う。

「でもよかった、雪くんの笑顔が見られて。ここ数日、元気がないみたいだから気になってたんだ」

(あ……じゃ、じゃあ、もしかして、俺を元気づけるために……?)

冬雪が驚いていると、耀仁が困ったように笑った。

「雪くん、相談してくれないから」

先日、彼の新しいドラマの番宣を見てしまったあと、正直、冬雪はどうしていいかわからなくなった。

そもそも、見ないでと言われたドラマなので、宣伝を目にしてしまったことすらも耀仁には言いにくい。

共演者を見てもやもやした気持ちを抱いてしまったことは、なおさら言えない。

自分の気持ちを持て余して悩んでいたけれど、そのことすら、耀仁にはすっかり気づかれていたらしい。

「もし何か悩んでいることがあったら、僕にだけは教えてよ。どんなことでも必ず雪くんの味方になるから」

「耀仁さん……」

忙しい仕事の合間に戻ってきて、優しい言葉をかけてくれる彼に、冬雪は感激で胸がいっぱいになった。

彼は照れ隠しのように、冬雪が抱いているポメ吉をわしわしと撫でる。

「ポメ吉も楽しかったみたいだし、また時間ができたら行こう？」

話しているうち、車寄せに黒塗りの大型車が滑り込んできた。運転席から三善が会釈するのが見えて、冬雪も慌てて頭を下げる。

車に乗り込む前、耀仁はいつものようにこちらに手を伸ばしかけて、とっさに手を握り込んだ。

ぽんと冬雪の肩に軽く触れるにとどめると、「ごめん、今日も遅くなると思う。先にごはん食べて、休んでね」と少し寂しそうに告げて、車に乗り込んだ。

去っていく車を見送りながら、冬雪は心苦しい気持ちになった。

耀仁に隠し事はしたくない。けれど、ここのところ、なぜ自分が落ち込んでいるのか。どうしても彼に打ち明けることはできなかった。

先日、図らずも耀仁の新しいドラマの一シーンを見てしまったときのことだ。すぐに消すつもりだったが、冬雪は思いがけず目に入った人物に釘付けになった。

——耀仁の相手役が、どことなく自分と似ているように見えたからだ。

もちろん、顔の作りはまったく違う。ＫＥＩＴＡはアイドルだけあって目鼻立ちがくっきりしている。冬雪は目だけは大きいものの、それ以外は鼻も口も小さくて、我ながらぼんやりした印象の顔だ。

役の衣装ではなく、インタビューに答えているときのＫＥＩＴＡは、髪のセットも異なり、服装も雰囲気もまるで冬雪には似ていない。

けれど、演じるときに黒く染めたさらさらの髪は、長さも雰囲気も、ハッとするほど自分とよく似ている。

人気アイドルのＫＥＩＴＡと似ているなんて、おこがましい考えだと自分でも思う。しかし、番宣を見たときは、正直、一瞬鏡の中の自分を見るかのようで、目を疑うほどだった。

——つまり、耀仁の相手役は、服装や髪形、全体的な雰囲気が、あまりにも自分とそっくりなのだ。

耀仁が見ないでほしいと言っていたのは、ドラマの出来栄えに納得がいっていないからかと思っていた。しかし、もしかしたら、理由はそれだけではなかったのかもしれない。

髪を染めて衣装を着た相手役を見て、耀仁はどう思ったのだろう。このドラマを見たら、冬雪が驚くかもしれないと気遣って、見ないようにと言ってくれたのではないか。

（……耀仁さん、相手役の人と、うまくいってるのかな……）

先日、彼は撮影が順調に進まないと珍しく漏らしていたから、そのことも気になっていた。

見てしまった番宣では、独占インタビューとして、耀仁とＫＥＩＴＡのＶＴＲ出演もあった。

並んで話す二人は、目を合わせながら和やかなムードだった。

もちろん、表向きはそう見えるよう取り繕っているだけかもしれない。けれど、耀仁が相手役とギスギスしているわけではないとわかって、冬雪もホッとした。

それなのに、またドラマのシーンが映ると、ふいに落ち着かない気持ちになった。自分に雰囲気のよく似た相手役と恋を演じる耀仁を見ると、なぜか、これまで感じたことのないような心もとない気持ちに襲われて、息が詰まるような心地がしたのだ。

これまで、耀仁は何作ものドラマに出演し、数々の美しい女優と恋仲を演じてきた。キスシーンはもちろん、中には濃厚なベッドシーンもあった。冬雪はそれをどきどきしながら見たけれど、こんな胸騒ぎを感じることは一度もなかったのに。

（……ともかく、あのドラマ関連の映像は、もうぜったい見ないようにしなきゃ……）

耀仁との約束もある。しばらくの間はテレビは見ず、ネット接続で見られる彼の過去のドラマを見るだけにとどめようと冬雪は決めた。

しかし、皮肉なことに、避けようにも無理があった。

なぜなら、件の作品は、年明けから放送される冬クールの新しいドラマなのだ。

大々的に宣伝も始まっていて、雑誌の広告やスマホの検索サイトをジャックしたり、各種商品とのコラボもあるらしい。普通に暮らしているだけで、いやが応でも二人の写真があちこちから目に飛び込んでくる。

そのうち、ＫＥＩＴＡが冬雪と同じ二十一歳で、身長は一七〇センチと、年齢と身長が同じだということまでわかってしまった。体格も似ているので、おそらくは体重も同じくらいだろう。

相手役のプロフィールを知ってしまい、余計に複雑な気持ちになる。

（どうして、こんなに胸がもやもやするんだろう……）

冬雪は比較的前向きな性格で、よほどのことがない限り落ち込まない。つらいことがあっても、一晩眠ったらどうにかして気持ちを切り替えられた。

しかし、あの番組を見てしまってからというもの、衝撃がいつまでも消えてくれない。毎朝出かけていく耀仁が、相手役と恋人同士の演技をしているところを想像してしまい、どうしようもなく胸が苦しくなるのだ。

――耀仁には、こんな気持ちでいることはとても話せない。

『なんでも力になるよ』と言ってくれる優しい彼に隠し事をしていること自体に、強い罪悪感があった。

だが、何よりも今は、撮影に集中している彼の邪魔になりたくない。

ここ数日は食欲も出ず、何を作ってもあまり食べられない。幸か不幸か、このところ忙しい耀仁と一緒に食べられるのは朝食くらいだ。心配はかけずにすむと思っていたのに、彼は目敏く冬雪の体重が落ちたことに気づいてしまった。『昼と夜もちゃんと食べてね？　雪くんは食が細いから心配だよ』と気遣われて、最低限は食べなくてはと努力している。

三冊目のレシピ本の準備も進めなくてはならないので、どんなに食欲がなくてもキッチンには立たなくてはならない。

次はスイーツ系中心の本になる予定なので、作るのはもっぱら甘いものだ。耀仁は喜んで食べてくれるけれど、役柄のため体を絞っている彼にあまり甘いものを出すわけにはいかない。その点、バイト先に持っていくと、皆大喜びしてあっという間になくなるのがありがたかった。

耀仁が気遣ってくれるたび、秘密を抱えている胸がチクチクと痛む。

今の冬雪は、ただひたすら無事に耀仁のドラマの撮影と放送が終わって、この気持ちがどこかに行ってくれることだけを願うことしかできなかった。


思いがけない事態が起きたのは、ドッグカフェを楽しんだ翌週のことだった。

スマホの着信音が鳴り、キッチンで新作スイーツの下準備をしていた冬雪は、慌てて手を洗ってスマホを覗き込んだ。

画面を見ると、耀仁の名前が表示されているのに目を丸くする。

レシピ本の担当編集者とは、基本的にメールのやりとりが多い。忙しい耀仁も、昼間は通話ではなくアプリを通じてメッセージを送ってくることがほとんどだ。

日中に電話がかかってくることは珍しく、どうしたのかと思いながら急いで出る。

「もしもし」

『雪くん？　今って家にいる？』

耀仁の声にはどこか緊張感が滲んでいる。冬雪が「はい、そうです」と答えると、彼はホッとしたように続けた。

『よかった。これからいったん帰るから、そのまま家にいてもらえる？　ちょっと不測の事態が起きて、お願いしたいことがあるんだ』

かすかな不安を感じながら「なんでしょう?」と訊ねる。

『またあとで詳しく説明するけど、実は、しばらくの間、そこに住めなくなりそうなんだ』

「え……じゃ、じゃあ、引っ越すってことですか?」

予想外の話だったが、そもそもこのマンションは耀仁が所有している彼名義の部屋だ。少額を家賃代わりとして無理に受け取ってもらっているけれど、冬雪は居候の身でしかない。一緒に暮らしてきた家なので愛着はあるけれど、彼が引っ越しを決めたなら文句を言えるような立場にはなかった。

『ごめん、まだどうなるかわからない。ただ、とりあえず二、三日外泊できるように、身の回りの必要なものを纏めておいてもらえないかな?』

「えと、今すぐにってことですか?」

そう、と言われて、冬雪は理解した。

単に引っ越すわけではなく、何か緊急で移動しなければならないようなことが起きたのだ。そう確信すると、腹が決まった。

『あ、もちろんポメ吉も連れていくよ。詳しい事情はあとで説明させてもらうから』

耀仁がこんな無茶なことを言い出すのはめったにない。本当に急いでいるのだとわかった。

「わかりました」

迷いなく答えてから、冬雪はふと思い立って「あの」と言った。

「耀仁さんの着替えとかも必要ですよね？　急ぎだったら、俺が纏めさせてもらっても構いませんか？」

なぜか一瞬言葉に詰まったあと、耀仁は続けた。

『……うん。じゃあ余裕があったらでいいんだけど、そうしてもらえたら助かる』

それから彼は、『しばらく留守にするとなると、雪くんの仕事上、ストックしてある冷蔵庫の中身なんかも持っていきたいよね』と言い出した。

確かにそうだ、と冬雪は考え込んだ。

レシピ本用の料理や菓子類を作る上で、材料はすでに揃えてある。無駄のないよう小分けして冷凍してあるものも多く、それらが手元にないと仕事にならない。買い足すにも種類と量がかなりある。

それに、明後日はクリスマスイブだ。

耀仁は冬雪が作るケーキや料理をいつもとても喜んでくれるので、ささやかながら手作りするための食材は買ってあった。

耀仁が言うには、それらは新たに購入するか、もしくは追って人に頼み、運び出すこともできる。ともかく冷蔵庫の中や調味料棚などの写真を撮って、どこに何があるか、どれが必要かなど、指示を出せるようにしてほしい、と言われて了承する。

それから、いくつか手短に必要なことを訊ねた。それに答えてくれてから、耀仁は『一時間以内には帰るから』と言って、慌ただしく通話は切れた。

(いったい、何が起きたんだろう……)

戸惑ったが、ぼうっとしていたのはわずかな時間だった。

「ポメ吉」

先ほどまでソファで転がっていたはずのポメ吉が、とことこと足元に寄ってきた。

小さな犬は、つぶらな瞳で不安そうにこちらを見上げてクーンと鳴く。しゃがんでふわふわの毛に包まれた頭を撫でてやってから「荷造りするね。大丈夫、ポメ吉も一緒に行けるからね」と声をかけた。

わけがわからないままだが、ともかく耀仁が戻ってくるまでの間にすべきことをしよう。悩むのは事情を聴いてからだ。

そう決めて立ち上がると、さっそく冬雪は動き始めた。


冬雪がだいたいの荷造りを済ませた頃、耀仁が三善とともに帰ってきた。

「ごめん、車の中で話すから、説明より先に移動してもいいかな？」とすまなそうな耀仁に謝られ「わかりました」と頷く。耀仁の荷物は、彼の部屋のクローゼットにしまわれていたロケ用の小さめサイズのスーツケースにすでに纏めてある。念のため確認してもらうと、これで十分だよと礼を言われてホッとした。

冬雪はポメ吉入りのペット用キャリーバッグを肩にかけて、ポメ吉のおもちゃ類と自分の着替えが入ったスポーツバッグ、それから食材を纏めた保冷バッグを持とうとした。すると、「これは持つよ、雪くんはポメ吉だけ連れてきてくれればいいから」と耀仁に言われて二つのバッグを奪われる。結局、耀仁たちが二人がかりで素早くすべての荷物を運んでくれた。

エレベーターに直結して出入りできる地下駐車場には、いつも三善が運転しているのとは違うタイプのミニバンが停められていた。

冬雪たちは三列シートのうち、後部の二列目に並んで乗り込む。ドアを閉めてから、三善が運転席に座る。人の車なので、ポメ吉入りのキャリーバッグは膝の上に載せたままだ。

動き始めた車の中で、耀仁が小さく息を吐く。

彼は冬雪の手を握ると、苦い顔で切り出した。

「遅くなっちゃったけど、事情を説明させてもらうよ。実は……来週発売のゴシップ誌に、記事が出ることになった」

深刻な口調に、冬雪は悪い予感がした。

人気俳優である耀仁は、追いきれないほど様々な雑誌に載っている。広告やグラビア、インタビュー記事が掲載されるのはいつものことだ。

だが、今回はそれらとは違う類いのことらしい。

「なんの記事なんですか？」

「僕のプライベートについてだ。さっきこの確認の刷り出しが事務所に届いて知ったんだけど、この間、雪くんと一緒にドッグカフェに行ったところを撮られたらしい」

「え……あのとき、写真を……？」

思いもしなかったことに、冬雪は驚愕した。

彼の話では、ともかく、雑誌の刷り出しが出たということは、もう間もなく情報が伝わり、あちこちからマンションに記者が集まってくる。その前に、急いで冬雪の身柄を記者の知らない安全な場所に移したかったのだという。

「尾行はなさそうです」と、前を向いて運転しながら三善が知らせてくる。

車で十五分ほど走っただろうか、着いたのは立派な造りのマンションらしき建物だった。

耀仁のマンションほど大きくはないけれど、こちらも高級そうなエントランスで入り口には警備員が立っている。ここにも地下駐車場があり、エレベーターで住居階まで行ける造りになっているようだ。

いったん最上階である六階の部屋まで荷物を運ぶのを手伝ってくれてから、三善がちらりと腕時計を見た。

「社長に連絡するので、私は車でお待ちしています」

「わかった。話が終わったら早めに下りるから」

耀仁が答えると、三善が部屋を出ていく。

入り口に荷物を置いたまま、冬雪は耀仁に促されて中に入った。

「ポメ吉を出してあげてもいいですか？」と彼に確認してから、ペットキャリーを開ける。出てきたポメ吉はぶるぶるっと身を振って、室内をとことこと興味深げに歩き回り始めた。

「ここは、事務所の社長の知り合いが持ってるマンションなんだ。つてを頼って借りたんだけど、住まい用じゃなくてゲストルームにするために買ったものらしい」と耀仁が説明してくれた。

室内はファミリータイプらしく、耀仁のマンションよりも広い３ＬＤＫの間取りだった。リビングルームにはソファやテーブルが置かれていて、寝室にはきちんとベッドメイクされたベッドもあるし、キッチンにも家電が揃っている。

「このマンションは外国の大使館に隣接していて、住んでいるのは外交官がほとんどらしい。

だから、うちのマンション以上にセキュリティーも万全だ。門の前に警備員がいたよね？関わりのない人間はいっさい入れないから、万が一記者がここを探り当てても入ってこられないし、住民に話を聞こうにも協力しないと思う」

「そうなんですね……」

室内を見回していると、座ろうと言われて、おずおずと彼の隣に腰を下ろす。

「実は……もう一つ、雪くんに伝えなきゃいけないことがあるんだ」

「なんでしょう？」

これ以上驚くことはない気がする。腹をくくって冬雪は姿勢を正し、聴く体勢をとる。

そんな冬雪をじっと見てから、彼は口を開いた。

「これ、見てもらえる？」

耀仁はスマホを操作して、画面をこちらに向ける。そこには、件の記事の刷り出しらしきものが映っていて、心臓が縮み上がった。

掲載されているモノクロ写真は、二人がドッグカフェを出たところ、そして、マンションのエントランスで話しているところのようだ。

だが、記事のタイトルには、なぜか『共演俳優同士のホットなお散歩熱愛！』と書かれている。冬雪は思わず首を傾げた。

「写真は、確かにあの日の僕と雪くんのものなんだけど……どうも、撮った記者は、勘違いしたみたいなんだ。雪くんのことを、今撮影してるドラマの相手役だと誤解して記事にしてる」

「え……えええっ⁉」

思わず冬雪は声を上げた。ポメ吉もびっくりしたのか『アンッ‼』と鳴く。

慌てて口に手を当てるが、驚きは消えない。

「もしかしたら、ドラマの予告で目にしたかもしれないけど、実は今回の相手役の雰囲気とか背格好が、どことなく雪くんに似てるんだよね。いや、かなり似てると言ってもいいかもしれない。それもあって、なんとなく見てほしくない気がしてたんだ。あくまでも役柄の上でのことだけど、雪くんが気を悪くしたら嫌だなと思って」

やはり、耀仁が見ないでほしいと言ってきたのはそのせいだったようだ。

番宣を見てしまったことも、それにもやもやしたことも言えなくて、冬雪は口籠もる。

「だけど、まさか、雪くんと相手役と似ていることで、こんな事態になるとは思わなかった」

苦渋の顔で言う彼に、冬雪はハッとする。

「こ、これって……相手役さんにも、ご迷惑がかかりますよね」

相手役のＫＥＩＴＡは人気アイドルグループの一員だ。耀仁と彼が恋愛関係にあるという誤報が出るなんて、かなりまずい事態なのではないか。

「人違いだから、本来なら差し止めは可能なはずだけど……そうすると、この写真が相手役じゃなく、別の人だということを証明しなきゃいけなくなる」

耀仁は真剣な面持ちで、考えるようにしながら続けた。

「他にも、記事を止める方法は二つある。記事と同等の注目が見込めるようなゴシップを渡すか、もしくは売れ行き見込みの雑誌の販売数を金で買い取るかだ。どちらもできないわけじゃないけど、すでに僕の家に雪くんが帰っていくところの写真は撮られていて、記者には情報と写真を掴まれてる」

耀仁によると、一度弱みを知れば、たとえ多額の口止め料を払ったとしても、どこかから他社にも情報は漏れて、必ずいつか今回の写真は表に出ることになるらしい。だが、彼は独身で、そもそも撮られて困る写真でもないし、悪いことをしているわけでもない。どこからも仕事上の違約金は発生しないから、そこは安心してほしいと言われた。

「そうなんですね……」

世間に記事が出るということは、冬雪の予想以上に大ごとのようだ。口止め料、違約金、という言葉を聞いているうちに、だんだんと血の気が引くのを感じた。

耀仁が気遣うように冬雪の背中に触れる。

「本当にごめん。雪くんに迷惑がかからないよう、ずっと気をつけてきたつもりだったのに。今はドラマの撮影中だから、旬な情報を求めて記者が張り込んでる可能性もあるってことを失念してた。気が緩んでいたんだ。これは僕の過失だよ」

悔しそうに言って、彼は項垂れた。

「い、いえ、耀仁さんのせいじゃありません！」

慌てて言うと、彼がこちらを見る。

「だって、ドッグカフェ、一緒に行ってくれてすごく楽しかったです。耀仁さんが俺を元気づけようとしてくれたのも、嬉しかったし……記者の人に撮られたのはびっくりしましたけど、でも、しょうがないことだと思います」

一言一言考えながら、冬雪は正直な気持ちを伝えた。

だが、言ってから、ふいに不安が込み上げてきた。

「ただ……俺なら、写真が雑誌に載ったとしても、迷惑のかかるような身内もいないですし、失うものはありませんけど……でも、耀仁さんと相手役の方は……」

共演中で人気のある芸能人の二人が交際関係にあると世間に誤解されたら、大変な騒ぎになってしまうのではないか。

冬雪が不安になって言った言葉に、彼はまじまじとこちらを見た。

「雪くん、また人のことばかり心配してる」

苦笑すると、彼はそっと冬雪に腕を回して自分のほうに引き寄せる。腕の中に抱き締められて、そっと髪に口付けられ、安心させるように背中をさすられた。

「僕は大丈夫。今、相手役の事務所にも連絡を取ってもらってる。このあと、事務所の社長同士で話し合いをすることになってるから、心配しないで」

そう言うと、耀仁は立ち上がった。

「それから……お願いがあるんだけど」とすまなそうに言われる。

そういった事情のため、これまで住んでいたマンションには、耀仁自身もしばらくは戻れない。

彼がこちらのマンションに戻るときは、車を一度乗り換えて、ぜったいに記者にあとをつけられないように気をつけるけれど、万が一のこともある。

もし、ここを記者に嗅ぎつけられたときに、同居している者がいると気づかれる可能性はゼロではない。写真の人物が相手役だと誤解されている今は、耀仁の真の恋人が冬雪だということは知られていないけれど、人違いだったとわかれば、すぐに誰なのかと執拗な身元捜しが始まる。芋づる式に、冬雪が料理研究家のｙｕｋｉだということまで暴かれてしまうかもしれない。そう言われて、冬雪は青褪めた。

「だから……ともかく、今後の方針が決まるまでの間は、申し訳ないんだけど、このマンションの中にいてもらえる？」

つまり、外出は避けてほしいということだ。

調理補助のバイトは連絡をすればしばらく休みにしてもらえるし、家でレシピ作りに励めばいいだけだから、冬雪としてはそれほど日常に支障もない。「必要なものはすべて買うし、マンションから持ってきてほしいものは三善を通じて事務所のスタッフに頼めるから」と言われたけれど、当座の間、必要な食材はあらかた保冷バッグに纏めてきた。冷蔵庫やオーブンなどは揃っているみたいだし、あとは足りない調理器具類を買い足せばなんとかなるだろう。

「わかりました。荷物を片付けたら、家で大人しくしてますね」

そう言うと、耀仁は少しだけ安堵の顔になり、「そうしてくれると助かるよ」と言って冬雪をきつく抱き締めた。

「……ごめん。これは、僕の勝手なんだ」

「え、そ、そんなことないですよ」

「本当にそうなんだよ。記事の影響が収まるまでの間、雪くんだけここに住んでもらって、僕はこれまで通り元のマンションで暮らせばいい。そうしたら、雪くんには窮屈な思いをさせず、普段通りに生活してもらえるんだけど……別々に暮らすのは心配だし……それに、どうしても離れて暮らすことは考えられなくて」

苦しげに吐露されて、冬雪は胸がいっぱいになった。面倒でも、彼は冬雪とともにいられる方法を望んでくれたのだ。

「お、俺、窮屈だなんて思ってません」

必死に言うと、冬雪は耀仁を見上げた。

「ポメ吉もいてくれますし、耀仁さんが帰ってきてくれるなら、どこでもいいです」

彼は一瞬泣きそうにくしゃっと顔を歪めた。すぐに笑みを浮かべてありがとう、と囁く。それから、じっと冬雪を見つめて言った。

「電話をかけるとき、一時的に別のマンションに移りたいって、なんて説明したらいいか悩んでたんだ。驚かせるだろうし、でも、ゆっくり説明してる暇はないしで。でも……雪くんは、事情も聴かないまま、僕の分の荷物まで纏めてくれてて、助かったよ」

「俺、突然クビとか、店が潰れるとか、今日で出ていかなきゃとか……これまでそういうことばかりだったから、想定外の事態には慣れてるんです」

あまり慣れたくはないですけど、と首を傾げつつ冬雪は苦笑する。ネットカフェに泊まれないほど困窮して野宿したこともあって、むしろ、今こんなに落ち着いて暮らせていることが奇跡みたいに思える。

耀仁はそっか、と呟き、こちらをまじまじと見つめた。

「雪くんは肝が据わってるなって感心したよ。こういう事態で迷惑かけちゃって、僕が守らなきゃって思ってたのに。動じずにいてくれた上に、相手役の心配まで……ああ、もう」

「え……わ、わっ」

もう一度冬雪の頭を抱き込み、耀仁が頬にキスをしてくる。

「……また、君に惚れ直した」と耳元で囁き、彼はゆっくりと身を離す。顔を赤らめてあわあわしている冬雪を見て、笑顔になった。

「仕事を中抜けしてきたから、今日の帰りはかなり遅くなるかも」

耀仁はかがんでポメ吉を撫でている。

もし急ぎで何かあれば、三善に頼んでおくから連絡を、と言い置き、彼は急いで出ていった。

新たなマンションで、ポメ吉と二人だけになる。

耀仁を見送ってから、しばらくポメ吉を抱き締めたまま、冬雪は考え込んでいた。

(耀仁さんと撮られた写真が、記事になる……)

——しかも、人違いで。

二重の意味で、思いも寄らない出来事だった。

ドッグカフェに行った幸せな日の思い出が、嵐の中に呑み込まれていくようだ。

(ぼうっとしてても、しょうがないだろ……?)

心の中で、冬雪は自分に活を入れる。

彼と別居する事態になっていたら、きっともっと気持ちが沈んでいた。だが耀仁は、多少の不便があっても、冬雪と一緒に暮らすことを望んでくれたのだ。

自分はすべきことをして、少しでも彼を支えるだけだ。

ともかく、荷物を片付けて、耀仁が暮らしやすいように部屋を整えよう。そう気持ちを切り替えると、冬雪はてきぱきと動き始めた。

＊

エプロンをした冬雪は、境内の隅に溜まった枯れ葉を竹ぼうきでせっせと掃き集めていた。

年明けからの参拝客もすっかり引いて、平日の神社には人けがない。もうじき門を閉める時間だからか、ちらほらと駆け込みの参拝客の姿が見える程度だ。

一年でもっとも冷える頃なので、ダウンジャケットや暖かそうなコートを着込んでいても、まだ人々は寒そうに肩をすぼめている。

参拝客の邪魔にならないように、社務所や手水舎の周辺は門を閉めてからにするとして、冬雪は神楽殿や宝物殿の周辺をさくさくと掃いていく。今日は来客も少なく、本家の掃除も夕食の支度もすでに終わった。他にやることがないので、枯れ葉が溜まっているのを見て、帰るまでの間、外の掃除を買って出たのだ。

木々に囲まれた境内は、朝掃いても夕方には枯れ葉だらけになってしまって大変らしい。耀仁の実家の神社はとにかく敷地が広くて、建物の内外の掃除だけでも一仕事だ。月に一度訪れるたび、冬雪が皆から大歓迎してもらえるのは、この人手不足も理由の一つなのではないかと思った。

無心で掃除を続けていると、ふいに烏《からす》の鳴き声がしてぎょっとした。

見上げると、すぐそばに立つ杉の木の枝に、一羽の烏が止まっている。

（八咫烏《やた》だ……）

その足が三本なことに気づいて、冬雪が固まったときだった。

「――真冬にそんな格好では冷えるだろう。もう日が暮れるんだぞ」

呆れたような声に振り返る。本殿のほうから歩いてきたのは、神主が着る半纏《はんてん》を手にした袴姿の光延――耀仁の祖父だ。

言われてみれば、いつの間にか日が傾きかけている。

「上着を着て構わないと言われなかったか？」

「言われました。でも、取りに行く時間がもったいなくて」

答えながら、冬雪は身を縮めた。本家の人たちは皆優しくて、上着を着なさい、こっちに来て暖房に当たりなさいといつも冬雪を気遣ってくれる。だが、コンビニの外掃除や厨房の水仕事で慣れているからか、冬雪自身は寒さをあまりつらいとは感じなかった。一緒に連れてきたポメ吉だけ、冬雪が働いている間はストーブのついた暖かい部屋で預かってもらっている。

光延から無造作に半纏を渡されて冬雪は目を丸くした。

「ともかく、それを着て。もう掃除は十分だから、片付けたら本家に戻りなさい。川見さんが捜していたぞ」

「あ、す、すみません、ありがとうございます。すぐに戻ります」

驚きつつもありがたく半纏を着込む。綿がしっかり入った半纏はとても暖かい。

八咫烏は光延の式神なので、もしかしたら境内中を捜して、彼に冬雪の居場所を伝えていたのかもしれない。

川見はいつも、冬雪が帰る前に熱い茶を淹れて、あれこれと土産を持たせてくれる。待たせるとせっかくの茶が冷めてしまうかもしれない。

急いで枯れ葉をちり取りで集め、袋に纏める。その様子を眺めていた当主にぺこりと頭を下げ、冬雪は本家のほうに戻ろうとした。

「生気がないな」といきなり言われて、足を止める。

戸惑いつつ目を向けると、光延は冬雪を通してどこか遠くを見るような目で、じっとこちらを見据えた。

「耀仁の報道のせいか」

一瞬面食らう。そうだともそうではないとも言えずに、冬雪は思わずうつむいた。

クリスマスと年末年始は幸せだった。耀仁は正月に二日の撮休があり、二人と一匹で、冬雪が手作りしたおせちやお雑煮を楽しみながら穏やかに過ごした。

だが、年が明けてから、雨宮耀の新しいドラマがスタートした。そして、彼に関するゴシップが雑誌に掲載されたのは、それと同じ週だった。

――それは、今まさに放送中の共演者、KEITAとの熱愛報道だった。

旬な俳優と人気アイドルとの恋愛のニュースに、世間は大騒ぎになっている。

ニュースが出る前に素早く引っ越しを決めた耀仁のおかげで、今のところ冬雪にはなんの被害もなく、普通に暮らせている。調理補助のバイトは念のため休みをもらっているけれど、それ以外は変わりはない。耀仁の厳重なガードのおかげで仮住まいはバレておらず、本家での花嫁修業も事情を話して一月は休ませてもらったが、今月から行っても構わないと耀仁に言われた。

しかし、連日のニュースを見る限りでは、耀仁たちの撮影現場とそれぞれの自宅と寮、そして相手役が出演するスタジオには記者が殺到しているようだ。二人についての撮影中の記事を載せた雑誌は、軒並み売り切れたり増刷をしている。もちろん、それに合わせてドラマの注目度も上がり、今季一番の視聴率を叩き出しているらしい。

先日、ドラマは四話目が放送され、二人の関係に新たな展開があり、ネットは大盛り上がりだった。ドラマの反響を知るたび、いつもなら耀仁の出演作が人気なことを心から嬉しく思うのに、今回は複雑な気持ちになってしまう自分が冬雪はつらかった。

冬雪が何も言えずにいると、やれやれというように光延が言った。

「あの雑誌の写真に写っていたのは、冬雪くんなのだろう？」

「えっ……、あ、耀仁さんから聞いたんですか？」

耀仁は念のため、記事が出ることを本家にも連絡していた。だが、あの記事で写っているのが、ＫＥＩＴＡではなく冬雪だということは、事務所関係者以外には伏せてあったはずだ。だから、川見たちは冬雪が浮気をされたのだと誤解しているらしく、腫れ物に触るように気遣われているのが居た堪れなかった。

動揺して冬雪が小声で聞き返すと、「聞かなくとも、目が見えていればわかるだろう」と当然のように言われる。どうやら、耀仁から聞いていなくても、光延にはお見通しだったらしい。さすが人知を超えた力を持つ耀仁の祖父だと、冬雪は感心した。

「……俺と一緒に出かけてくれたことで、大変なことになってしまって……」

言葉を選びながらも、冬雪は戸惑いと罪悪感しかない自分の気持ちを打ち明けた。

そもそも、あの記事は人違いの誤報だ。当然、ＫＥＩＴＡ側は『これは自分ではない』と否定するのだとばかり思っていた。

だが、耀仁とＫＥＩＴＡの事務所の社長が、本人たちの意思を確認しつつ話し合った上で、なぜかどちらもノーコメントを貫くことが決まってしまった。

そう耀仁から知らされたとき、冬雪は愕然とした。

ゴシップ誌となんらかの取引があったのか、掲載された写真は冬雪の顔ははっきりとわからない角度で、特にＫＥＩＴＡと似て見える写真ばかりだった。抱っこしたポメ吉も影になっていて、小型犬という以外は犬種すらも判別がつかない。冬雪は料理の写真をアップしているＳＮＳに、耀仁の許可を得てポメ吉も何枚か載せている。そこから料理研究家のｙｕｋｉが載せている犬だと芋づる式にバレることもなさそうで、それにはホッとした。

耀仁からは『ＫＥＩＴＡのほうも、他で隠しておきたいことがあったんだ。だから、僕との記事は事務所的にはむしろありがたかったようだから、お互いさまって感じですんなり話が纏まったよ』と説明された。

だが、もしＫＥＩＴＡのほうはそうだとしても、耀仁の事務所があえて否定コメントを出さなかった理由は、ただ一つ。

（俺のためだ……）

冬雪をスキャンダルに巻き込まず、平和な暮らしを守るためだとしか思えない。

一般人でパッとしない自分との関係が明らかになれば、耀仁にとってはイメージダウンになるから、ということならばもちろん文句はない。

しかし、今回は明らかにそうではない。

耀仁はデビューしてからこれまで、ノースキャンダルできた。共演者との報道が上がっても、そのたびにきちんと否定してきたのだ。

だから今回に限って否定コメントを出さなかったことで、ＫＥＩＴＡとの関係は本物ではないかと、ファンの間では歓迎と悲哀の声が入り交じっている。

記事を否定しないと伝えたあとで『迷惑をかけて本当にごめん、でも、雪くんのことは必ず守るから』と耀仁は言ってくれた。

その気持ちは心の底から嬉しいけれど、自分の存在が傷一つない雨宮耀の名前を汚してしまったのかと思うと、冬雪は心苦しさでいっぱいだった。

落ち込んでいる冬雪を耀仁は過剰に気遣ってくれる。そのせいで、ここのところ二人の間は少しぎくしゃくしてしまっていた。本当なら、忙しい彼が少しでも働きやすいように自分がサポートをしたいと思っているのに。

悄然としている冬雪を見て、光延がふいに口を開いた。

「君が気にすることではない。耀仁は弱い人間ではない。注目される業界に足を踏み入れたのだから、あいつも記者に追われるくらいのことは覚悟の上だ」

「でも……」

彼は、反論しかけた冬雪の言葉を遮る。

「耀仁の奴が不誠実なことをしたというならこらしめてやる。だが、そうではないのだろう？」

冬雪がこくりと頷くと、光延は腕組みをしてこちらを鋭い目で射貫いた。

「ならば、何をそんなに落ち込むことがある？　君はもう我が一族の人間だ。望むなら相手役とやらを排除してやろうか。それとも、隠し撮りをした記者になんらかの罰を与えるほうがいいか？」

「い、いえ、そんな……けっこうです！」

そんなことはかけらも望んでいないと、慌てて首を横に振る。想像もしない申し出に仰天した。

そういえば、本家で来客の応対をすると、呪詛の願いや、もしくは呪詛返しの願いが時々あることに気づいた。川見も光延も普通に対応していたから、そういった依頼はよくあることのようだ。陰陽師の力のすごさと、耀仁の家の家業が常識とはかけ離れていることを実感する。

「だったら元気を出さないか」

光延はかすかに苛立ったようにぴしゃりと言う。

それから、少しだけ表情を和らげた。

「……まあ、口約束の婚約を交わしただけでは、不安があるのもやむを得まい。すでに耀仁と夫婦なら、もしくは子がいれば、気持ちも違うだろうに」

子供、と冬雪は口の中で呟く。もし耀仁との間に子供がいたら、こんな寄る辺ない気持ちにならずにすむのだろうか。

一瞬だけそんな気持ちが湧いたけれど、慌てて打ち消した。

子供は、自分の心を安定させるために作るものではない。

「せめて、正式な結納だけでも早めに済ませるように耀仁に言っておこう」

光延はそう言うと、冬雪が何か言う前にじっと頭のてっぺんから足のつま先まで見下ろして、ため息を吐いた。

「そんなに腑抜けていては、また妖魔に取り憑かれるぞ？　本殿でしっかりお参りしてから帰りなさい。ご先祖様が守ってくれるから」

胸にぐさりと突き刺さる言葉を言って、彼は踵を返す。言い方はぶっきらぼうだけれど、光延が心配してくれている気持ちは伝わってきた。

その背中に冬雪は深く頭を下げる。

自分はどうしてこんなに落ち込んでいるのか――。

改めて、もやがかかったような自分の心の中を覗き込んでみる。

耀仁の意思ははっきりしている。ＫＥＩＴＡ側にも、記事を否定しないのには目的があるという。

(俺自身は、どうしたいんだろう……)

八咫烏がカアカアと鳴き声を上げて木から飛び立つ。おそらくは光延を追いかけるのだろう、とぼとぼと本殿に戻る冬雪を追い越して、黒い鳥は優雅に飛んでいった。


川見に山ほどもらった土産を抱え、冬雪はいつもよりも早い夜九時過ぎには都内に戻った。

悩んでいるせいか、うとうとした新幹線の中では悪夢を見て、バッグの中のポメ吉が『つきました』と言うようにもぞもぞしたことで飛び起きた。

駅から仮住まいのマンションまでは必ずタクシーを使うように耀仁から言われていたけれど、ちょうど新幹線が何本か着いたところらしい。タクシー乗り場にはかなりの行列ができている。

(歩いたほうが早く帰れるかも)

徒歩で三十分もかからない距離なので、スマホで地図を確認しながら歩き始める。

だが、光延から告げられた脅しのせいだろうか、久しぶりに歩く夜の道の端には、どこもかしこも黒い妖魔がいるように見える。祈祷してもらってからすっかり忘れていた恐怖が蘇って、冬雪は泣きたくなった。

おそるおそる背後を見ると、後ろを歩く人に追われているような気までした。しかも、手に何かを持っている人は、誰もがゴシップネタを探す記者に思えてくるのだ。

(耀仁さんが守ってくれたから、俺が追われるわけないのに……!)

明らかに被害妄想だと自分に言い聞かせてみても、少しも気が休まらない。

自分が追い詰められた気持ちになっていたことに、冬雪はやっと気づく。

どうにかマンションに戻ると、全身からどっと汗が噴き出た。がくがくする手でポメ吉をバッグから出していると、ふいにスマホが震える。慌てて見た画面には、耀仁からメッセージが届いていた。

『そろそろ駅に着く? これからだったら迎えを行かせるよ』と気遣う言葉を見て、やっと気持ちが少し緩む。関係がぎくしゃくしているときも、耀仁は本当に優しい。

しっかりしなきゃ、と冬雪は自分に言い聞かせた。

耀仁が急いで引っ越しを決め、全面的に守ろうとしてくれたのは、自分が弱いからだ。

そう自らを戒めると、ようやく、これからどうしたいのかに気づく。

冬雪は自分を奮い立たせて、決意を固めた。

その日も耀仁は夜遅くになってから帰宅した。

「おかえりなさい、耀仁さん」

一息吐いたら話を、と思いながら冬雪が声をかけると、その前に、彼に抱き締められた。

「本家で疲れただろう？　祖父さんにいじめられなかった？」

大丈夫だと答えると、彼は安堵したように息を吐いた。

「だったらよかった。遠いのに行ってくれてありがとう」

労りの言葉をくれてから、耀仁が顔を顰める。

「帰るなりごめん。実は、どうしても雪くんに謝罪したいって奴がいるんだ」

「え……どなたでしょう？」

誰かに謝ってもらうような覚えはない。不思議に思って訊ねると、耀仁はなぜか苦虫を噛み潰したような顔になった。

相手は、驚いたことに俳優の近衛正親だという。

耀仁と初めて会ったときのことだ。撮影所で大量の黒いもやもやに襲われ、意識を失った冬雪は撮影を止めてしまい、近衛にも迷惑をかけたことがあった。その後、耀仁のマンションを訪れた近衛に改めて謝ったけれど、それ以来関わりはなかったはずなのだが――。

「嫌なら断ってもいいんだよ？」と言われたけれど、耀仁の仲介なら断るわけにはいかない。

とはいえ、近衛と直接会わせることは、耀仁としては乗り気ではないらしい。ビデオチャットでなら、仕方ないから繋いでてもいいと言う。

わけがわからないまま冬雪が応じると、リビングルームのテーブルに彼はタブレットを置き、アプリを開いてビデオチャットを繋いだ。

『――おっ、こんばんは、六車くん！　俺のこと見えてるかなあ？』

明るく言う近衛が、画面の中でひらひらと手を振っている。背後にシックな雰囲気のカーテンと観葉植物が見える。着ているシャツもラフな雰囲気だし、どうやら彼はオフで、自宅にいるらしい。

「こ、こんばんは。ご無沙汰してます」

耀仁と並んでソファに座った冬雪は、慌てて挨拶をする。膝の上にぴょんとポメ吉が乗ってきたので、いい子にしててねと頼んで抱っこしておく。

近衛と耀仁は同期デビューで、同じくらい人気がある主役級のトップ俳優だ。

共演作も何作かあるけれど、どうも耀仁のほうはあまり彼を好きではないらしい。なぜなら近衛はかなりの遊び人で、以前、振った交際相手が生き霊になって取り憑いていたこともあったという。見るに見かねて耀仁が祓ってやったそうだが、その後も耀仁と近衛が親しく付き合っているような話は聞かない。

そんな近衛が、冬雪にいったい何を謝るというのだろう。

不思議に思っていると、ふいに画面の向こうの近衛が表情を引き締めた。

『遅くなったが、やっと詳しい状況が判明したので……改めて、謝罪させてもらいたい』

一度言葉を切り、彼は苦い口調で告げた。

『雨宮のスクープの件。原因は、やっぱり俺だった』

「え……っ？」

近衛は深々と頭を下げている。

隣にいる耀仁を見ると、眉を顰めた彼は否定する様子がないので、どうやら事実らしい。

（いったい、どういうこと……？）

冬雪には状況がまったく呑み込めない。

呆然としたまま、画面を見つめていると、やっと顔を上げた近衛が話し始めたのは、驚愕するような事実だった。

『ええと、六車くんに一から全部説明すると。つまり……実は俺、いま雨宮と共演してるKEITAと付き合ってるんだよね』

「え、え!?」

近衛によると、二人は昨年、清涼飲料水のCM撮影で出会い、可愛いとKEITAを気に入った近衛の誘いで交際に発展した。

だが、付き合い始めると、KEITAのほうが近衛に熱を上げてしまい、男女問わず、他の共演者とたびたび飲みに行ってしまう近衛に日々焦れて束縛するようになった。

『交際をオープンにしたい』というKEITAと、まだ早いという近衛で揉めていたところ、KEITAに雨宮耀の相手役の話が持ち上がった。

最悪だったのは、近衛がKEITAにぽろりと『雨宮には同棲中の男の恋人がいる』と漏らしてしまったことだった。

KEITAはNGが多いだけではなく、撮影の休憩時間になると、共演中の耀仁にこっそり『恋人ってどんな子なんですか?』『関係はオープンにしないんですか?』などと訊きまくり、耀仁を辟易させていた。彼が疲れきった様子だったのはそのせいだったらしい。

だが、耀仁からは答えを得られず、近衛は思った通りに動いてくれない。

焦れたKEITAは、なんと知り合いの記者に『雨宮耀の家を張ってたら、面白いものが撮れるかも』と密かにリークしたのだという。

嬉々としてマンションで張り込みをした記者は、雨宮と一緒に歩いている冬雪を、リークしたKEITA自身だと思い込んだ。つまり、KEITAが自分の恋愛をオープンにしたくて告白したのだと解釈して、そのまま二人の記事を書いてしまった——というわけらしい。

苦い顔で説明すると、近衛は『迷惑をかけて、本当に申し訳ない』ともう一度頭を下げた。

『ちゃんと俺は口止めしたんだけど、KEITAの奴……』

「そもそもは、お前の口が軽すぎるのが原因だろ」

ぼやく近衛に鋭く指摘する耀仁の口調は、これ以上ないほど冷ややかだ。

『いや、ほんとその通りなんだけど！　……どうもKEITAは、雨宮んとこが世間にオープンにすれば、俺もKEITAとのことを明かす気になるだろうと思い込んだみたいなんだよね。でも、お前はファンから神みたいな扱いされてるからいいかもしんないけどさ、俺はスポンサーとの契約条項もあるし、わりとリア恋のファン多いから、バレたら死活問題なんだけど』

そう言ってから、近衛がふいに冬雪を見た。

『六車くんはプロ彼女っていうか彼氏っていうか、マジで影に徹してて偉いよなあ。俺も六車くんみたいな子と付き合いたかったよ』

しみじみと近衛が言う。耀仁がどう思ったか気になったが、彼を見る前に、膝の上にいるポメ吉の体がむくむくと膨らみ始めた。

「え、わ、わっ!?」

ぽんっと弾けたように、いきなり三匹に分裂すると、ポメ吉たちはガウガウッ!!と画面の向こうの近衛に吠えかかった。

『わー!? ごめんよ、なんだよ、犬にまで怒られてるよ』と、慌てたように近衛が手を合わせて謝罪する。

「近衛さんに吠えちゃ駄目だよ」

冬雪は突然増えた愛犬たちを慌てて宥めた。隣にいる耀仁は平然とした顔をしているが、おそらくこれは彼のしわざだろう。よほど近衛の言葉にムッとしたようだ。

意外にも大人げない彼の行動と、三匹になった愛犬たちを抱えて、冬雪は思わず笑ってしまった。

冬雪がくすくすと笑うと、耀仁もこちらを見て苦笑する。それを見た近衛が、なぜかため息を吐いた。

『そっちはうまくいっててていいよなー、あー、うちのは、雨宮と記事が出たら俺が嫉妬するかも、みたいな? ほんと浅はかっていうか、まだ子供っていうか……イテッ！』

ぶつぶつとぼやく近衛の横から、ぬっと誰かの手が出てきた。

『こんばんは』と画面に割り込んできたのは——ＫＥＩＴＡではないか。

冬雪が目を丸くしていると、強張った顔をした彼は、恐縮した様子で『雨宮さん、それと、恋人さん、このたびはほんとにすみませんでした』とぺこっと頭を下げる。

髪の色は黒だが、ふわっとセットされていて、耳にはピアスがじゃらじゃらついている。彼も今日はオフなのか服装も今風で——こうして見ると驚くほど、冬雪には似て見えない。

「あ、こ、こんばんは」と慌てて冬雪が挨拶をすると、耀仁に肩を抱き寄せられた。

「雪くん、挨拶しなくていいよ。近衛、ＫＥＩＴＡもいるなんて聞いてないけど？」

『あー、すまん。どうしてもこいつも謝りたいって言うから。どうも、撮影所でのお前の冷たい態度に限界きてるみたいで』

（冷たい態度……？）

耀仁がそんなことをするとは思えず、冬雪は目を瞬かせた。

今回のゴシップが出てすぐに、耀仁には情報をリークした者の存在がわかったらしい。なぜなら、芸能関係者の中で、彼のマンションの場所と、冬雪との交際の二つを知っているのは、近衛しかいない。

近衛に誰かに自分たちのことを伝えなかったかと訊くと、恋人には話したけど口止めしたよ、という答えが返ってきた。そのとき初めて耀仁は、近衛がＫＥＩＴＡと交際中であることを知ったのだという。

記事に対し、両事務所の話し合いで、ＫＥＩＴＡ側もノーコメントを通すという案をすんなり呑んだことも納得だ。

——なぜならそれは、彼にとって、自業自得のスキャンダルだったからだ。

『謝ろうと思ったけど、雨宮さんが怖すぎて……撮影中はちゃんと甘々な恋人の演技なのに、カットの声がかかると殺されそうなくらい氷の目で見てくるから、もう俺、限界で……』

許してください、と拝んでくるＫＥＩＴＡはもはや涙目だ。

いつも優しい耀仁のすることとは思えない行動に、冬雪は戸惑った。

「耀仁さん、あの……」

「とりなそうとしても駄目だよ。口が軽いこの二人のせいで、僕たちは引っ越しを余儀なくされた。雪くんをずいぶんと不安な気持ちにもさせたよね。態度は普通に戻すけど、こいつらを許すつもりは毛頭ないから」

腕組みをして耀仁は言い放つ。画面の向こうからＫＥＩＴＡの啜り泣きが聞こえ、近衛が慌てて慰めている。

冬雪はそっと耀仁の腕に手をかけて、必死で頼み込んだ。

「謝ってもらえましたし、俺は怒ってないです。許してあげてくれませんか？」

ぴくっと肩を震わせて、彼が冬雪を見る。

お願いの目で見つめると、しばらくして、耀仁が困り顔になった。

「あー……、もう雪くんには敵わない。わかった。許すけど、二度目があったら、二人とも社会的に抹殺するから覚悟しておいて。近衛はわかっているよね？　これは脅しじゃない、本気だから」

耀仁に生き霊を祓ってもらい、命拾いをしたことのある近衛は、青褪めて震え上がった。

『は、はいっ!!　六車くんにも、ほんと、申し訳なかった！』

画面の中の近衛は、わけが分からないという顔をしたＫＥＩＴＡともう一度揃って頭を下げる。

今度、撮影所に詫びの品を届けさせると言って、逃げるように二人の姿が画面から消えた。


ビデオチャットを終えると、耀仁はふーっと深いため息を吐いた。

三匹に分裂したポメ吉たちもやっと唸るのをやめて、ソファの上でもそもそと集まってまったりくつろぎ始める。

「こ、この子たち、どうしたら……？」

「ああ、ごめん。たぶん、僕が限界まで頭にきたから、増えちゃったんだと思う」

そのうち一匹に戻ると思うから大丈夫だよ、と言われて冬雪はホッとした。三匹いるのはとてつもなく可愛いけれど、おやつも三倍必要だし、増えるなら心の準備が欲しい。

落ち着きを取り戻した耀仁によると、つまりＫＥＩＴＡの事務所側の『隠したいこと』というのが、近衛との交際だったようだ。

近衛はこれまでも何度か共演女優との交際をスクープされていて、別れ話がこじれた揉め事などの記事も目にする。夜の飲み会にもたびたび参加しているという。

いっぽうの『雨宮耀』は人気に反してプライベートが完璧にクリーンなので、二人のどちらかならば雨宮との交際報道のほうが、事務所的に歓迎だったというわけらしい。

「たぶんだけど、ＫＥＩＴＡの事務所的には、今回の記事をきっかけに近衛と別れてもらいたかったんじゃないかな」

「そうだったんですね……」

耀仁はなぜか苦い顔になった。

「近衛もたびたび恨みを買ってるけど、ＫＥＩＴＡもやばそうだな。こういう、意図的に人を困らせるようなことをする人間って、以前からずっとそういう行動してきてる。徳を積むのとは逆で、悪業の積み重ねによって一気に天罰が下ったりするんだよね」

凄腕陰陽師の末裔である彼の言葉に、冬雪は血の気が引く思いがした。

「今回のことで、二人とも心を入れ替えてくれればいいんだけど」と言われ、冬雪もそうであったらいいと願うほかはない。

「……僕は、誰との関係を、どんなふうに誤解されても構わなかった。でも雪くんのことだけは、記者に追われたりプライベートを土足で暴かれたりしないよう、ぜったいに守りたかったんだ」

ぽつりと告げられて、彼がどれだけ自分を大事にしてくれているのかを実感する。冬雪は胸がいっぱいになった。

今日、本家で決意したことを思い返す。

――彼に、話さなければならない。

冬雪は思い切って「耀仁さん。俺、伝えなきゃならないことがあるんです」と切り出した。

「どんなこと？」と聞く体勢をとってくれる彼に、正直に冬雪は隠していたことをすべて打ち明けた。

偶然、ドラマの番宣を見てしまったこと。その後、どうしても気になって、彼との約束を破り、密かにドラマを最新話まで見てしまったことを――。

ごめんなさい、と頭を下げると、逆に彼のほうが慌てた。

「えっ、そんな深刻にならなくていいんだよ！　ドラマのＣＭはずいぶん打ってるみたいだし、偶然見ちゃっても仕方ないと思ってたから」

僕の説明が足りなくてごめん、と耀仁が謝ってくる。あのドラマを見たと知っても彼が不快に思うわけではないとわかり、冬雪は安堵で胸を撫で下ろした。

「それで、実は今日、本家でお祖父さんに言われたんですけど……」

光延と話したこと、相手役や記者を排除するかと訊かれたことや、落ち込むなと言われたことなどを話す。

「ああ、祖父さんなら言いそうなことだ。今度釘を刺しておくよ。とんでもないことを言い出してごめん。でも、不要なことはきっぱり断っていいからね」

はい、と頷いてから、冬雪は当主と話して気づいた、自分の気持ちを口にした。

「お祖父さんに言われてわかったんですけど……俺、今回のドラマ、耀仁さんが気にかけてくれていたように、見たらやっぱりすごく不安な気持ちになったんです。特に、その……最新話には、頬だけど、き、キスシーンがあって……」

今回のドラマは、男同士の恋愛ものだ。

『蒼汰』の余命を知った『類』――耀仁が、彼にせがまれて頬にキスをするシーンには、心臓が爆発しそうなほどどきどきした。

だが、それと同時に、いつにないほど胸が締めつけられて、苦しい気持ちになった。

「止められたのに、勝手に見ちゃって、それで、すごくもやもやして……でも、そんなこと、気遣ってくれる耀仁さんには言えなくて」

嫌だと思いながら見てしまう自分の行動に、自己嫌悪に陥りながらも、冬雪はドラマを追うことを止められなかった。

こんな愚かな行動をする奴だと知られたら、嫌われてしまうかもしれない。けれど、正直に伝えると決めたのだからと、おそるおそる耀仁を見る。

すると彼は、なぜか驚いたように口元を押さえていた。

「ええと……雪くんは、僕とＫＥＩＴＡのキスシーン見て、もやもやしたの？　でもあれ、頬に軽くしただけなんだけど」

はい、としょんぼりしつつ冬雪は頷く。

ここのところ、ずっと沈んでいたのとか、元気がなかったのも、今回のドラマのせい？と訊かれて、言いたくなかったけれど正直に頷くしかなかった。

耀仁は、どうしてか頬を緩めて、背中に腕を回してくる。されるがままでいると抱えられて、冬雪はソファに座った彼の膝の上に横抱きにされた。

冬雪を抱き竦めると、頬にちょんと鼻先を押し当てて、彼が囁いた。

「それはさ、たぶんだけど……嫉妬、してくれたってことじゃないかな？」

「嫉妬……」

今までそういう気持ちになったことない？と訊かれて、冬雪は呆然としたまま頷いた。

これまで彼とどんな相手とのキスシーンを見ても、気持ちが高揚するだけで、不快に思ったことなんて一度もなかったのに。

そう伝えると、彼は「うん、だから、おそらく相手役が同性だったことと、それから役柄の見た目が雪くん自身に似てたことで、初めて湧いた感情なのかもしれないね」と説明してくれる。

「僕としては、正直なところ嬉しいっていうか……」

彼は照れくさそうに言う。

「これまで、どんな恋愛ドラマに出ても楽しそうに見てくれるから、雪くんは嫉妬とかしないのかと思ってた。当然だけど、あれは役の上でのことだから。プライベートでキスするのはもちろん雪くんだけだし、僕がセックスするのも、これから先の生涯、雪くん一人だけだよ」

こめかみや頬にキスをされながら熱っぽく囁かれて、カッと顔が熱くなる。

改めて、自分が俳優を職業とする彼の、仕事上の演技に嫉妬を覚えていたことを実感して、穴があったら入りたいほど恥ずかしくなった。

「不安にさせて、ごめんね。でも、恋愛もののドラマはこれが最後だから」

ぎゅうぎゅうに冬雪を抱き締めて、彼が言う。

その後、KEITAと事務所を交えて再度話し合いが行われた。KEITAは近衛に本気で、別れるつもりはない。そうなると、もし交際がバレたら、雨宮との二股だと世間に誤解されて人気には大打撃になる。事務所はやはり近衛との破局を願っていたようだが、KEITAの気持ちは揺らがないようだ。

最終的に、ドラマが終わってしばらくした段階で、両事務所から雨宮耀とKEITAの交際報道に関して否定文を出すことが決まった。

その話を報告してくれた日、耀仁は「いちおう訊いておきたいんだけど、雪くんは交際宣言したい？」と冬雪に訊ねてきた。

雨宮耀はそもそも、プライベートをいっさい明かしてない。結婚をしているか、交際相手がいるいないという話もどこにも出したことがない。

デビュー作の特撮ヒーロー時代以降は、握手会やサイン会も行わない。出るのはドラマや映画の番宣のための番組ぐらいで、バラエティー番組にも出ない。ファンクラブもなく、今どきの若手では珍しい、演技一本の俳優なのだ。

「僕は、ファンに誤解させてお金を落としてもらう売り方はできる限り断ってきたから、たとえ交際がバレても、結婚したとしても誰への裏切りにもならない。これまでは二人の関係を勝手に知られるのは嫌かなと思って隠してきたけど、もし雪くんが公にしたいってことであれば、全然それでも構わないんだ」

「い、いえ！　知られない方がいいです」と冬雪は首を横に振った。

公にするのは嫌？と訊かれて悩んだ。

嫌というのとはちょっと違うかもしれない。けれど、耀仁の仕事に影響が出るのは避けたいし、そもそも自分などが彼の相手だと知られたら、ファンは失望するだろう。

今回のように人気アイドルの共演相手などであれば、話題性もあり、知らせるメリットもあるのかもしれないけれど、冬雪とでは耀仁の人気に悪影響が出る可能性のほうが高い。

「そんなことないよ、むしろ『今大人気のお料理研究家なｙｕｋｉくんと真剣交際！』って、皆に歓迎してもらえるかも」

そう言ってから、耀仁はふいに顔を顰めた。

「いや……でも駄目だ。もし、こんなに可愛い雪くんの写真が世の中に出回ったりしたら、ぜったいファンが爆増するし、芸能関係者からオファーが殺到しちゃうな。まあ、レシピ本の売れ行きだって上がるかもしれないけど……」

真剣に悩んでいる耀仁に、冬雪はあっけにとられる。

「あの……やっぱり、できれば秘密にしておいてほしいです。俺とのことで、耀仁さんのファンの人を悲しませたくないですし……」

一匹に戻ったポメ吉が、ソファの上でくっついてちんまりと眠っている。

二人と一匹で、静かに暮らしたい。

冬雪がそう頼むと、「雪くんはそう言うと思った」と耀仁は苦笑した。

「無茶なこと言い出してごめんね。世界中に知らしめたい気持ちもあるけど、じゃあ、雪くんを守るために伏せておくことにする」

耀仁はうっとりするほど甘い笑みを浮かべて囁いた。

「でも僕は、もし君が望んだときは、いつだって公表していいと思っているから、そのことだけはわかっておいて」

手を取られ、甲にキスをされる。

ホッとしてはにかみながら、冬雪ははい、と頷いた。

そのニュースが飛び込んできたのは、梅の花がちらほらと咲き始めた頃だった。

桜の開花ももうすぐで、仮住まい中のマンションの敷地内に植えられている蕾が開く日を、冬雪は心待ちにしていた。

『アイドルグループ、Be-wishのKEITAさんが交通事故に遭い、脳震盪と脚部の複雑骨折で、全治三か月の重傷を――』

（KEITAさんが、重症!?）

ちょうど、久しぶりに調理補助のバイトに来て、帰る間際だった冬雪は、休憩場所に置かれたテレビから流れてきたニュースに愕然とした。動画には、見覚えのある撮影所の出入口が映っている。どうやら、撮影所の駐車場内で車とぶつかったらしい。

それは、冬雪も危険を感じたあの撮影所だ。

「あら、可哀想に」「大丈夫かしらねえ」という、何げない同僚たちの声が遠くに聞こえる。

（これって、まさか……て、天罰、ってことじゃ……）

『そういう行動をしていると、天罰が下る』と言った耀仁の声が耳の中でこだまし、ぞっと背筋が冷たくなった。

しかも、ドラマの撮影はまだ二日ほど残っているはずだ。

耀仁のドラマは佳境に入り、クライマックスに向けて『類』と『蒼汰』の関係も怒涛の展開を迎えている。もう見て構わないよと言われているので、冬雪は毎週ドラマをしっかり録画して、続きを楽しみにしていた。

耀仁の話ではクランクアップは間近で、主演二人の撮影はそこまでだと聞いていた。しかし、全治三か月なら、しばらく仕事どころではないだろう。

KEITAの撮りがすでに終わっているか、もしくは怪我が少しでも早くよくなればいいのだが——と冬雪は祈りながら帰路についた。

「——そうですか、わかりました。俺は大丈夫です、耀仁さんも、体に気をつけて」

通話を終えると、スマホを見つめて冬雪はため息を吐いた。

バイト先でKEITAの事故をニュースで知った日から、三日経った。

残念ながら現実は都合よくはいかず、KEITAと耀仁との撮影シーンは、あと一日だけ残っていたようだ。

もちろん、入院中のKEITAは今後の撮影にはいっさい参加できない。耀仁のマネージャーの三善から聞いたところによると、最後のシーンをKEITAなしでどうにか補填するべく打ち合わせが行われ、猛スピードでシナリオが書き直された。超特急で準備が進み、KEITAが必要な部分は映像を編集することになった。それ以外の部分は耀仁を中心として、ラストシーンの撮影に向けた準備が行われているらしい。

もともとぎりぎりだったスケジュールに、追加の撮り直しが入った。そのせいで、耀仁は撮影所のそばのホテルに寝に戻るのみで、もう三日もマンションには帰れずにいる。たまに来るメッセージでは、それどころではないだろうに、彼はいつも冬雪のことを気遣う言葉をくれて、雪くんに会いたい、早く帰りたいと書いてある。

その他は、着替えや必要なもののやりとりくらいで、三善が明日取りに行くから、すまないが渡してほしいとあった。

(耀仁さん、大丈夫かな……)

冬雪の元にいるポメ吉は普通にしているので、耀仁の健康状態には問題ないようだとわかる。けれど、こんな激務を続けては彼が体を壊してしまわないかと、冬雪は心配でたまらなかった。

「これ、昨日頼まれていた着替え類です」

翌日の午後、耀仁の着替えを受け取るため、マンションに三善がやってきた。冬雪は荷物の入ったバッグを差し出す。

「あと……もしよかったら、この差し入れも持っていってもらえませんか？　中身はお弁当なんですけど」

「ああ、ありがとうございます。冬雪さんの手料理に飢えているみたいなので、耀仁さんがとても喜びますよ」

ホッとして紙袋を渡すと、三善は微笑んで受け取ってくれた。

三善が来るときに駄目元で渡してみようと、昨日の夜から何を入れるかおかずを吟味して考え、早起きしてせっせと作った。

あれこれと多めに作ったので、よかったら三善も食べてほしいと伝えたが「たぶん、耀仁さんが独り占めしたがると思います」と苦笑されてしまった。

「耀仁さんは大丈夫そうですか？」

気になって訊ねると、三善がやや顔を曇らせるのがわかった。

「そうですね、まあ疲れは溜まっていると思います。どちらかというと、撮り直しよりも、家に帰れないのがつらいみたいです」

そう答えてから、彼はふと思いついたように「ところで、六車さんは今日はお忙しいですか？」と訊いてきた。

今日はレシピが溜まってきたので、三冊目の本の構成を考えるつもりだと答えると、三善が意外なことを言い出した。

「もし、お時間に余裕があるようでしたら、少しでいいので、よかったら耀仁さんに会いに来てもらえませんか？」

「えっ、で、でも俺は部外者ですし」

動揺する冬雪に、三善がおかしそうに口の端を上げた。

「あなたは耀仁さんの家族も同然でしょう？　公にしていないだけで、当主にも紹介されてもう婚約済みなわけですし、身内が差し入れを持って会いに来るなんてよくあることです。今はちょうど休憩中なんです。耀仁さんは仮眠していると思いますが、戻ったらちょうど起こさなければいけない頃なので」

事前の許可を取っていないので撮影スタジオの見学はできないけれど、控室に直接行くことは問題ないと彼は言う。

迷っているうち、ふと冬雪の脳裏を不安がよぎった。

「あのう、自意識過剰かもしれないですが、もし、耀仁さんと一緒にいるところを、またKEITAさんだと誤解されたりしたらと思うと……」

KEITAと見間違えられてゴシップ誌の記事に載ったことが気にかかったのだ。冬雪がそう打ち明けると三善が「大丈夫ですよ」と太鼓判を押した。

「あの記事のときは、逆に六車さんが伊達眼鏡をかけていたことで、遠目の写真ではKEI

ＴＡと見分けがつかなかったのが不幸だったんでしょう。顔を見れば別人だとちゃんとわかりますし、心配はいりませんよ。変装せずに行きましょう」

そう言われればその通りな気がする。それでもまだ躊躇っていると、「どんなドリンク剤よりも、六車さんの顔を見ることが耀仁さんの一番の元気のもとですから」と三善に強く後押しされて、冬雪も決意した。

「ごめんね、ポメ吉。耀仁さんにお弁当を渡したら、すぐに帰ってくるから」

さすがに犬連れで押しかけるわけにはいかず、寂しそうにキューキューと鳴くポメ吉に罪悪感を覚えつつ、留守番を頼む。

三善の運転する車が着いた撮影所は、耀仁と初めて出会った思い出の場所だ。それと同時に、大小の様々な事故がやたらと多いという、いわく付きの場所でもあった。

あまり入りたい場所ではないけれど、今の自分は妖魔を引き寄せる身だったあの頃とは違う。明るい時間だし、控室側の建物に行く分には問題はないだろう。

三善がゲスト用の入館証を借りてくれたので、それを首にかけてスタッフ用のゲートを入り、耀仁の控室に向かう。

（耀仁さん、びっくりするかな……）

三善がノックをしてドアを開ける。どきどきしながら冬雪も中に入れてもらうと、壁際のソファに長い足を投げ出し、アイマスクをつけて横たわっている耀仁の姿が見えた。

「耀仁さん、起きてください。六車さん手作りの差し入れですよ」

「えっ？」

眠っていた耀仁がアイマスクをむしり取りながら、パッと起き上がる。薄い飴色のその目が見開かれ、冬雪を捉えた。

「雪くん!?」

「すみません、お仕事中に。お弁当を作ったので渡したくて。三善さんに連れてきてもらったんです」

目を瞠った彼に、おずおずと冬雪は弁当入りの紙袋を差し出す。

耀仁が何か文句を言いかけたが、腕時計を見ながら三善がそれを遮った。

「三善、お前……」

「休憩時間が終わるまであと十分くらいです。あまり余裕はありませんが、時間がきたらノックしますので」

そう言い置いて、素早く三善が控室を出る。ドアが閉まるのを見守っていた冬雪は、腕を引かれて振り返った。

冬雪を膝の上に乗せた耀仁は、手からそっと紙袋を奪ってソファの上に置く。それから冬雪をきつく腕の中に抱き込んだ。

「……っ」

深く口付けられて、動けなくなった。抗わずにいると、咥内に入り込んだ舌が情熱的に冬雪の舌を舐める。そうしながら、大きな手で髪や耳を確かめるように何度も撫でられた。

離れていた三日間を埋めるみたいに、しばらく無言のまま、彼は冬雪を離さなかった。

名残惜しそうにキスを解くと、両手で冬雪の頬を包み、耀仁が額を擦り合わせてくる。

「雪くんをここに連れてくるなんて、何を考えているんだ、三善の奴。記者に見つかったらどうするつもりだ……って、文句を言いたかったんだけど、君の顔を見たら、嬉しすぎて、それどころじゃなくなった」

苦笑しながら言う彼に、冬雪も頬を緩める。

「すみません、本当は家で待っているべきだと思ったんですけど、でも……どうしても耀仁さんに会いたくて」

耀仁が動きを止めた。

「……僕がいなくて、寂しかった？」

正直にこくりと頷くと、僕もだよ、と囁いた彼に、もう一度ぎゅっと抱き締められる。

「はあ、可愛い……めちゃくちゃセックスしたいけど、今日もたぶん帰れないと思う」

声を潜めた耀仁が、苦しげに漏らす。膝の上に乗せられて密着しているせいで、尻の下にある彼の性器がかすかに硬さを帯びているのがわかり、じわっと体が熱くなった。

どうにかしてあげたかったけれど、その前にドアがノックされて、三善がそっと顔を出した。

「失礼します。そろそろお時間です」

「あっ、は、はい！」

急いで冬雪が膝の上から下りると、耀仁も渋々といったように立ち上がる。深呼吸をして気持ちを切り替えたらしく、彼は弁当入りの紙袋を覗き込んだ。

「お弁当ありがとう。ずっと雪くんのごはんが恋しかったから、天の助けだよ。大事にいただくね」

服を整えながら耀仁が微笑む。さっき会えたばかりだったのに、もう離れなければならないのが寂しかった。

「あの……美味しいもの、いっぱい作って待ってますね」

たくさん言いたいことがあったけれど、冬雪に言えるのはそれだけだった。耀仁が目を細めてうん、と頷き、冬雪の髪を撫でる。

「――さ、次はBスタです。私は六車さんをお送りしてきますので」

三善に促された耀仁は、彼を軽く睨むと「わかった」と答える。

冬雪たちは先に控室を出た。三善について通路を進み、エレベーターに乗り込もうとしたところで、唐突に背後から声がかけられた。

「ちょっと待って、君!?」

いきなり腕を掴まれて、冬雪は驚いて振り返った。そこには、眼鏡をかけた中年の男性が、肩で息をしながら立っている。

こちらを凝視するさまは、まるでずっと探していたものを見つけたとでも言いたげだ。

「岩井《いわい》さん、どうなさったんですか?」

急いで三善が二人の間に入り、やんわりと冬雪の腕から手を離させる。「こちらは今回のドラマの監督です」と三善が教えてくれて、冬雪は戸惑いながら急いで会釈した。

監督がいったいなんの用だろう。まさか、KEITAと間違われたのでは……とにわかに冬雪は不安になる。

「彼、おたくのところのスタッフ?」

「はい、うちの関係者です。それが何か?」

岩井というらしい監督は、三善の返事を聞いて、無遠慮なほどまじまじと冬雪を見回した。

「この子、少し貸してもらえないかな?」

「貸す、とはいったいどういう意味ですか？」

怪訝そうに三善が聞き返したところへ、控室を出たらしく、耀仁が大股で近づいてきた。

「監督、どうしたんですか？」

ちらりと気遣うように冬雪を見てから、耀仁が監督に話しかける。監督は「雨宮くん！ちょうどいいところに」と目を輝かせた。

「彼、雨宮くんのところのスタッフなんだってね？　今見かけてびっくりしたよ。彼、ＫＥＩＴＡと後ろ姿がそっくりなんだ！」

冬雪は思わず息を呑んだ。

「いやあ、今の全然似てない代役よりずっといい。頼むよお、ラストシーンの『蒼汰』をやってもらいたいんだ。最後は病院で寝てるシーンだし、そんなに手間は取らせないからさあ！」

(俺が、代役……ＫＥＩＴＡさんの……!?)

予想もしない言葉に、今度は冬雪のほうが驚愕する番だった。

「――雪くん、何してるの？　ドラマ始まっちゃうよ」

リビングルームのソファに座った耀仁が、キッチンにいる冬雪に声をかけてきた。

波乱を越えて、耀仁とＫＥＩＴＡが共演するドラマはクランクアップした。その最終回の放送日が、とうとうやってきてしまったのだ。

ちょうど当日がオフに当たっていた耀仁は、昼間のうちから『最終回、雪くんと見るのが楽しみだ』と言って上機嫌だった。

いっぽうで、冬雪は恥ずかしすぎて泣きそうだ。ちょっとお茶を……などと言ってキッチンに立ってはみるものの、すぐに茶の支度はできてしまい、逃げ場がない。足元では、どうして冬雪がご主人様のところに行かないのかわからないらしく、ポメ吉がきょとんとしている。

結局「お茶はあとでいいから」と言われて、焦れた耀仁に手を引かれて、リビングルームのソファに連れていかれる。しかも、よりによって彼の膝の上に横抱きに乗せられて、一緒に鑑賞することになってしまい、冬雪は絶望した。

――撮影所に弁当を持っていったあの日、冬雪はうっかり後ろ姿を見られた監督の岩井から、入院中のＫＥＩＴＡの代役を切望された。

『もともと押してた撮りだから、今のままじゃ最終回まで時間がぎりぎりなんだよ。これだけ似てれば制作会社に無理言って蒼汰と君の動画を合成してもらわなくてすむし！』

渋る耀仁に、矢継ぎ早に監督は訴えかけた。

『雨宮くんだって、これ以上のリスケは難しいんだろう？　蒼汰とのシーンだけ撮り終えれば、今日中には帰れるぞ！』

それを聞いて、困惑していた冬雪は唐突にやる気が湧いた。ぜひ代役をやりたいと言い出すと、当然のことながら耀仁からは大反対されたけれど、必死で頼み込んだ。

自分が代役をやりさえすれば、激務の彼が帰宅して休めるのかと思うと、申し出ずにはいられなかったのだ。

耀仁が折れる条件は『ラストシーンの撮影時は必要最低限のスタッフ以外はスタジオから出し、代役の素性についてはかん口令を敷くこと』というものだった。

だが、監督は二つ返事でそれを呑んだ。かくして冬雪は、急な代役として準備を整えられ、スタジオ入りすることになった。

大型のテレビに病室のシーンが映し出される。

個室のベッドに横たわった『蒼汰』は、窓のほうを向いて『類』に背を向けている。蒼汰はすでに話すことはできなくなっていて、会話は筆談だ。

『あきたから、わかれてほしい』

自分の命があとわずかだと知った蒼汰は、断腸の思いで愛する類に別れを告げると決めた。弱っていく自分を見捨てず、忙しいスケジュールの合間を縫って可能な限り見舞いに来て、自暴自棄になれば『寂しいなら一人では逝かせないから』と言う彼の手を、もう放してやるべきだと思ったからだ。

別れのメモは病室のテーブルの上に置いてある。類が病室に入って、それを読んだあとも、ずっとこちらに背中を向けたままの蒼汰——冬雪だ——に、類は落ち着いた声で話しかけた。

『後追いされんのがそんなに嫌なら、ちゃんと寿命まで頑張るからさ。少しだけオレのこと待っててくれる？』

類はベッドの上に手を突いてかがみ込む。答えず、振り向かない蒼汰の顔を覗き込むと囁いた。

『駄々こねないで、そのくらい待っててくれてもいいだろ？　それから先は、ずっと一緒にいるんだから』

悪戯っぽく言って、類は蒼汰に覆いかぶさる。

体の動きから、そっと唇を啄んだであろうことが画面から伝わってきた。

類は蒼汰の手を取って、指切りをする。蒼汰はこちらに顔を向けないまま何度も頷く。

涙で濡れた蒼汰の頬を類の指が拭ったとき、雨宮耀が歌うエンディングテーマが流れ始める。

曲に乗せて、蒼汰のいない世界を一人で、だがせいいっぱいに生きていく類のその後の人生が映し出された。

深く息を吐いて、目を潤ませた冬雪は頬を熱くしながらぱちぱちと拍手をする。冬雪を抱き込んでいる耀仁も手を叩いた。

「俺だって、全然わからないですよね……？」

熱中して見ていた冬雪は、耀仁を振り返りながら訊ねた。彼は「うん、大丈夫だと思う」と言って頷く。

「試写では三善がよくよく確認してくれてたんだけど、雪くんの顔が映らないように徹底してくれててよかった。まあ、僕の目には、頬とか耳とか顎のかたちとか、雪くんだってすぐにわかるけど、他人が見たらＫＥＩＴＡだと思うだろう」

そう言われて、冬雪はやっと安堵の息を吐いた。

あの日、代役を受け入れた冬雪は、大急ぎでＫＥＩＴＡに近づけるようヘアメイクを施され、衣装のパジャマに着替えてスタジオ入りした。

ＫＥＩＴＡの事故後、書き直された新たなラストシーンでは、蒼汰はベッドで横になったまま、斜め後ろ辺りからしか顔は見えない設定になっている。

セリフは一言もなく、表情も見えない。シーンの最中、緊張のあまり震えてしまったことは、別れを告げるつらさと罪悪感からで、耳が赤くなったことは、『類』への想いゆえだとされてちょうどいいと、何一つ修正すらされなかった。そのおかげで、カメラテストのあとは一発撮りで撮影は終了して、撮影スタッフたちも皆大喜びしていた。

その日は深夜遅くなってからだったけれど、本当に耀仁もマンションに帰ってきてくれて、冬雪は安堵でいっぱいになった。

「あのときは、本当にキスしちゃってごめん」

ふいに耀仁から言われて、顔が熱くなる。

「え、えと、いえ……、ちょっとだけ、びっくりしましたけど……」

しどろもどろになりながら、冬雪は答えた。

ラストシーンは、本来ならＫＥＩＴＡとのキスシーンだったわけなのだが、今回は急仕立ての代役だ。しかも顔が映らない構図なので、『キスしているふりをするだけだから』と監督から言われていた。そもそも、冬雪から動くことはほとんどないシーンだから、まさか耀仁のほうが唇にキスをしてくるなんて思ってもみなかったのだ。

「最初は、ちゃんと『類』になってたんだ。それなのに、顔を覗き込んで、『蒼汰』がＫＥ

ＩＴＡじゃなくて雪くんだと思ったら、なんか勝手に体が動いて唇にキスしてしまって」

あの日も謝られたけれど、耀仁は改めて、ぼやくように吐露した。

「映像には残っていないとはいえ、スタッフたちの前だし、嫌だったよね。本当にごめん」

「いえ、あの、代役は俺が望んでさせてもらったことですし……それに、代役さんとキスのふりをされるより、ずっといいっていうか」

もじもじしながら伝えると、顔を覗き込んできた耀仁は「雪くんは、僕が他の誰かとキスのふりをするのも嫌なんだね」となぜか嬉しそうだ。

正直に頷いたものの、改めて認めてみると、自分の心の狭さが恥ずかしくなった。すると、耀仁が「僕もだよ」と言った。

「僕は、雪くんが連絡を取るあの幼馴染みの、なんだっけ、村田《むらた》だかっていう男にも、たびたびメールのやりとりをしてる編集者の男にも、いつもめちゃくちゃ嫉妬してる」

「え……」

ぽかんとした冬雪は、耀仁をまじまじと見つめた。それは初耳だ。しかも、飛び抜けて記憶力のいい彼は、冬雪の幼馴染みである拓也《たくや》の名字を間違えている。おそらく、まったく興味がない上に、覚える気がないのだろう。

驚いている冬雪を見て、彼は美しい顔を歪めて笑う。

「雪くんに嫌われたくないから、これまでは言わなかったけど。でも、雪くんの嫉妬なんて可愛いものだよ。僕は君の幼馴染みは気に入らないから、地方から戻ってこないといいなと思っているし、編集者の男はなれなれしすぎるから、担当が別の人に変わらないかなあとまで思っているくらいだ」

「え、え」

引いた?と訊かれてゆるゆると首を横に振る。いつも耀仁は涼しい顔をしているから、彼がそんなことを考えているなんて、気づかなかった。

そうして初めて、以前、耀仁が『嫉妬してくれて嬉しい』と言っていた気持ちが理解できた。好きすぎるから、彼を取り巻く周囲の人々のことが気になるのだ。そう気づくと、耀仁の嫉妬は少しも嫌ではないし、むしろ——確かにちょっと微笑ましくすら感じられた。

冬雪は念のため、拓也の名字は広田《ひろた》であること、それから彼は地方の会社でうまくいっているのでおそらくもう戻ってこないであろうこと、出版の誘いをくれた編集長は男だが、普段やりとりをする担当者は女性だし、仕事の話しかしていないことを説明する。

そっか、と安堵したように笑ってから、耀仁はふとテレビに目を向けた。

「ああ、もしかすると……ドラマの中で本当に君にキスしたのは、全世界に見せつけたかったのかも……『この子は僕のものだ』って」

そう言うと、耀仁は「最終回をもう一度見たいな」と言い出して、リモコンを操作する。彼の気持ちを知ってから改めて見直すと、病院のベッドの上にいる『蒼汰』が急に自分に見えてくる。

（ど、どうしよう、このシーンが、テレビで流れちゃったなんて……）

明確に映っていないながらも、大画面に映し出された自分たちのキスに激しい羞恥を感じる。耀仁に抱き竦められながら見る、自分たちの二度目のキスシーンに、冬雪は真っ赤になり、三度目を見ようとする耀仁を半泣きで止めた。

その後、本物の恋人である冬雪を相手にした彼の熱のこもった演技とキスシーンが放送され、ネット上の話題を攫った。ドラマは視聴率も見逃し配信の再生数も一位を獲得し、ＫＥＩＴＡと雨宮耀の人気はいっそう高くなった。

後日、耀仁の元に、近衛から緊急の連絡が来た。

彼の恋人であるＫＥＩＴＡは、事故に遭う前、持ち物や衣装に怪しげなお札や石が入れられていたそうだ。

『あいつ、もしかしたら以前の俺みたいに、誰かに呪われていたのかもしれない』と苦渋の様子で近衛が助けを求めてきたのだ。

撮影は終わったとはいえ共演者でもあり、放っておくわけにはいかない。耀仁はスケジュールの合間を縫って、近衛とともに入院中のＫＥＩＴＡの元を密かに訪れた。すると、ＫＥＩＴＡの周辺からは、明らかに呪いの痕跡が見つかった。

耀仁はＫＥＩＴＡの周囲を清めた上で、式神のポメ吉に命じて呪術を使った相手を捜し出した。ポメ吉は近衛のブランドバッグに顔を突っ込み、中から携帯番号が書かれた手紙を咥え出したのだ。

「ＫＥＩＴＡを呪っていたのはその手紙の送り主で、近衛に熱烈な片想いをして、一方的に脈があると誤解していた別の女優だったよ。ＫＥＩＴＡとの関係に気づいて、彼さえいなくなればと思ったんだろうね」

その日帰宅した耀仁の話では、近衛には厳しく説教をして、彼は八方美人な態度を改めると誓ったそうだ。救いだったのは、呪われたＫＥＩＴＡ自身は落ち込むどころか激怒していて元気そうだったことだ。呪い返しの方法を授けるまでもなく自分で呪を跳ね返していたと、耀仁は苦笑していた。

「やっぱり、あの撮影所、一度なんとかしないと死人が出そうだ」

それから耀仁は、根本的な問題として、冬雪も以前連れていかれそうになった、妖魔が住み着きやすい件の撮影所をどうにかすることを決めた。

本来は呪いを寄せつけないほど気の強いＫＥＩＴＡが事故に遭ったのも、近衛が生霊に取り憑かれたのも、そして冬雪が危ない目に遭ったのも、すべてあの撮影所でのことだったからだ。

本家と関わりのある政治家に動いてもらい、耀仁はテレビ局の幹部に密かに話を通した。祈祷をする間は、スタジオが使えなくなる。休みなく撮影の予定が入っているため、纏めて空く日を押さえるのは至難の業だった。

耀仁の祖父の采配で、本家の陰陽師たちの手を借りられることになり、祈祷の日取りが決まった。まだ一人前の身ではないものの、当主の指示で耀仁も参加することになった。

長年怪我人や死人が出て穢れが積もった土地を浄化するための祈祷には、なんと一週間もかかった。

時間も手間も金もかかったものの、陰陽師たちの尽力で撮影所は清浄な土地に生まれ変わった。

スケジュールの都合で、一日だけ参加した耀仁は、それでもいまだかつてないほど疲れた様子だった。ぐったりした彼に、『今後は定期的にお祓いさえすれば、もう誰かが連れていかれることはないと思う』と言われて、冬雪は陰陽師という仕事の必要性を再確認した。

不幸中の幸いで、いいことはもう一つあった。ＫＥＩＴＡが大怪我をしたことで、近衛はすっかり心を入れ替えた。あちこちに愛想を振りまくような態度はきっぱりとやめて、ＫＥＩＴＡに呪いをかけた女優にも曖昧な態度を謝罪しに行ったらしい。彼女はＫＥＩＴＡに呪い返しをされたせいか、憑き物が落ちたかのように近衛への興味を失っていて、あっさり許してくれたそうだ。

今後は、改めて時期を見計らい、ＫＥＩＴＡと交際宣言をするつもりだという。近衛の行動に焦れていたＫＥＩＴＡもこれで安心だろうと、冬雪たちもホッとした。

ドラマの勢いもあり、耀仁とＫＥＩＴＡの関係は本物ではないかと一度は世間も盛り上がったものの、正式に互いの事務所から否定のコメントを出したこともあり、二人のデート報道は、撮影中の誤報だったということで収まりを見せている。そのおかげで、冬雪の身元を探られることもなく済んだ。

代役として、耀仁とドラマでまさか共演をした秘密の思い出を残して、事件は密かに幕を閉じた。

＊

耀仁の次の主演ドラマは大学教授の役柄で、謎解きものだ。

何人か女性が出てきてデートをするシーンはあるものの、ミステリーが主題で恋愛要素は少なめな内容らしい。犯人役はベテラン俳優揃いだ。

「こういうのにも出てみたかったんだよね」と言って、耀仁自身もやりがいを感じているようだ。

冬雪のレシピ本も、校正のためのやりとりを重ねたあと、無事に三冊目が発売された。

とはいえ、顔出しをしていないので、サイン会もイベント出演もない。冬雪の毎日は地味なままで、見本誌をもらえて印税が振り込まれる以外は、ほとんど何も変わらない。だが、それが逆に珍しいのか、テレビ番組のブックコーナーや雑誌の書評スペースでもたびたび紹介されて、たくさんの人に手に取ってもらえているらしい。『いつも更新を楽しみにしていて、今日も子供とこのレシピで作った』とか『安く手軽に作れて、家計がとても助かる』などといった感想も届いて、張り合いがあるし、ありがたい限りだ。

そんなふうに、穏やかな日々が戻ってきたある日のことだった。

「撮影の進みがよくて、今日は早めに終わったんだ」と耀仁がメッセージをくれて、嬉しそうに帰ってきた。今度のドラマの共演者たちは演技力が高い俳優が集められていて、撮影もかなりスムーズらしい。毎日マンションに帰ってこられて彼も幸せそうだ。

彼の好物を並べた夕食を一緒にとったあと、食器を纏めてシンクに運び、茶を淹れようかと思ったところで、珍しく冬雪のスマホが鳴った。

「出版社の人？」

耀仁に訊ねられて、冬雪はスマホを確認した。

「はい。あ、今度雑誌に掲載されるレシピの校正データを送ってくれたみたいです」

メールを読むと、次は少し違う類いのレシピ本を出してみないかという話もあり、その打ち合わせの件も書いてある。取り急ぎ、データを受け取ったという礼の返事を送る。

片付けてあったタブレットを開く。すでに一度校正済みなので、あとは間違いが直っているかのチェックだけだ。ざっと確認すると問題なさそうなので、明日もう一度確認してから、次の本の話とあわせてメールしようと考えながらタブレットを閉じた。

ふと気づくと、茶のいい香りがした。もたもたと冬雪がタブレットを弄っているうちに、耀仁は食器洗い機を動かし、二人分の茶まで淹れてくれたようだ。

「すみません、ありがとうございます」

礼を言うと、ダイニングテーブルで茶を飲んでいた耀仁が、いや、と言ってから、じっと冬雪の手元を見つめてきた。

なんだろう、と首を傾げて冬雪も自らの手元に視線を落とす。彼が思い切ったように切り出した。

「あのさ、雪くん。聞きたいことがあるんだけど……そのタブレットでＷｅｂ検索すると、何を調べたか候補が残るよね」

冬雪がこくりと頷くと、耀仁がすまなそうに言った。

「そのタブレットに入ってるブラウザ、僕のＩＤでログインしてるだろう？　だから、僕が別のタブレットで同じブラウザを開くと、雪くんがそっちで調べた候補が出てくるんだ」

「え……え、そうなんですか？」

初めて聞く話に、冬雪は目を瞬かせた。

スマホやタブレットはかろうじて使えるものの、いまだに詳しいことはよくわからない。特に最新機種はできることが多すぎて逆にちんぷんかんぷんだ。だから、設定などがすべて済んだものを耀仁が用意してくれて助かっている。

見られて困るようなことは調べていないはずだが……と考えたところで、ハッとする。

湯飲みを置き、手を組んだ耀仁が真剣な顔で冬雪を見る。

「勝手に見ることになっちゃってごめん。でも……雪くん、ベビーグッズとか、子育て関連のサイトをよく見てるから、気になって」

「え、えと、あの、それは、よくSNSでコメントをもらうので、次のレシピ本は、離乳食や子供用の食事はどうかなって思ってて、それで……っ」

あたふたしながら急いで説明するが、耀仁は表情を変えない。

「でも、子供服とか、子供にかかる費用とか、そういう、レシピに関係なさそうなサイトも見てたよね。しかも、毎日のように」

そこまでわかるのか、と驚きを感じながら、冬雪はうつむいた。

「もしかして、祖父さんから言われたことを気にしてる？　僕と結婚するなら、子供を作らなきゃってプレッシャーを感じてるなら、本当に気にしないでいいんだよ」

テーブル越しに冬雪の手に触れた彼が、気遣うような口調で言った。

「無理しなくていいから」と言われて、冬雪は顔を上げる。

「違うんです。気を使ってるわけじゃなくて……」

迷いながら言うと「まさか、本当に子供が欲しいとか？」と訊ねられる。

冬雪はおずおずと彼の目を見た。思いがけないことだったのだろう、耀仁の綺麗なかたちの目には驚きの色が浮かんでいる。

もうその話は、以前耀仁と一緒に本家を訪れたあとで終わりになっている。耀仁が子供を望むつもりはないとはっきり言ったからだ。

「雪くんの正直な気持ちを教えて？」

そう言われて、冬雪は自分の心の中を覗き込んだ。

「これまでは、結婚も子供も、考えられる余裕もなかったんですけど……耀仁さんと本家に行って、『二人の子供を授かる方法がある』って聞いたら、なんか……」

「……子供がいたらいいなと思った？」

そっと問いかけられて、冬雪は正直に頷いた。

彼の祖父の願いや、本家の跡継ぎを作らねばとか、そういう気持ちもないわけではない。

だがそれ以上に、耀仁を好きになったことで、もし、この人との間に子供がいたらどんなに可愛いだろうと思ったからだった。

「あと、レシピ本でもらった三冊分の印税を全部足したら、子供一人を育てるのに必要な額になるかなって思って」

「そんな現実的なことまで考えてるの？」

耀仁は愕然とした顔になった。

「いや、もしそういうことになっても、一生君に金銭面の心配なんてさせるつもりはないよ。ただ……そこまで考えるくらい、雪くんは本気で、子供が欲しいんだ」

冬雪はおそるおそる頷いた。

「で、でも、耀仁さんが欲しくないのに、無理に作ってもらおうとかは思っていないんです」

「うん、わかってるよ、雪くんがそういう性格じゃないってことは」

耀仁は茶を飲み干すと、何かを考え込んでいるようだ。

明らかに彼は冬雪の望みを聞いて戸惑っている。

本当は、この話をするべきじゃなかったのかもしれない。ブラウザの検索履歴の仕組みをちゃんと理解して、消しておくべきだったと冬雪は悔いた。

「――あ、違うんだよ、ごめん、勘違いさせちゃったか」

ふいに彼が言って、テーブル越しのこちらに手を伸ばしてきた。熱くて大きな手で、冬雪の手は包み込まれてしまう。

「なんていうか、正直なところ、自分の気持ちに混乱してるんだ。結婚も子供も、自分とは縁のないものだと思ってた。だから、雪くんが子供を望んでくれる気持ちは、すごく嬉しいよ。それに、僕自身も、もしもっと安全な方法で君との間に子ができるなら、欲しくないわけじゃない。ただ……」

　耀仁はなぜか、迷うように言葉を切った。

「……どう考えても、いい親になれる自信がない」

「え……」

　彼は冬雪の手を握ったまま、苦渋の表情を浮かべている。

　それは、あまりにも意外な耀仁の本音だった。

「母さんの記憶はほとんどないし、父さんとの思い出もほんのわずかだ。祖父さんは子供の頃から厳しくて、優しい言葉をかけてもらったり、体調を気遣ってくれたのは同居していない叔祖父や、他人の使用人たちだけだった。これまで一度も、親からまともな愛情を受けたことがないんだ。子供をきちんと愛して、大事にしてあげられるとは思えない」

　真面目に悩んでいるようで、苦い顔で言う彼に、冬雪は目を瞬かせた。じわじわと視界が滲んできて、彼の姿が歪んで見える。

「雪くん？」と慌てたように言い、腰を上げた耀仁が頬に触れてきた。

「……耀仁さんは、きっといいお父さんになると思います」

　しゃくり上げながら言うと、彼が「どうかな。雪くんこそ、すごく子供に好かれそうだ」と苦笑いを浮かべる。

彼が愛犬の翔竜をどれくらい可愛がっていたか。

近衛とは気が合わないとぼやきながらも、彼が困れば渋々ながらも救いの手を差し伸べている――自分には、なんの見返りもなかったとしても。

そして、見ず知らずの他人だった冬雪の身を案じて、出会ったばかりなのに家に連れ帰り、あらゆる手を尽くして助けようとしてくれた。

いい親になれるかを不安に思うということは、逆を言えば『いい親になりたい』と願っているということではないのだろうか。

その心配を持ち続けられれば、きっと大丈夫だ。

彼以上にいい親になれる人はいないのではと思うくらいに、耀仁はまっすぐな考えを持った優しい人だから。


その日から、二人は時間をかけて話し合いを重ねた。

耀仁が子供を作る条件の一つに、冬雪の身の安全があった。

男性体での出産は、本家で受け継がれてきた特殊な方法を使うのだという。だが、もし女性の出産と同じ程度に安全が確保されないのなら、ぜったいに冬雪との間に子供は望まないと祖父に宣言したのだ。

すると光延は、二人を呼び出して、驚くべき事実を告げた。

「本家の記録には残していないが、耀仁の曽祖母——つまり、私と煌良の母も、男だった」

という信じ難い話を打ち明けたのだ。

先代の当主夫妻も密かに男同士で結ばれ、彼らは本家に残された特殊な方法を使って子をなしたという。

当然、まだ同性婚すら認められない時代だ。

中世では陰陽師が当然のようにいて、悪鬼や妖魔の存在も信じられていた。近世では陰陽師は裏家業に近く、そんな中でもし、一族の跡継ぎが男から生まれた者だと知られれば、その子は異端扱いされる。

だから跡継ぎは秘密裏に生まれた。事実は書き残すことを禁じられて語り継がれ、表向きは使用人が生んだ子として届け出たそうだ。耀仁の曽祖母は二人の子を産み——なんと曽祖父よりも長生きしたという。

「男の体で子を生んだ者がいたことは聞いたことがあったけど、誰に訊いてもその後のことを教えてくれないから、親も赤ん坊も亡くなったのかと思ってた」

耀仁も初耳だったようで驚いている。

「まさか祖父さんたち自身のことだったとはね。先にそのことを教えてくれたらよかったのに」

「これは一族の秘密だ。無論、お前が一人前の陰陽師になったら話す予定だった」

耀仁に睨まれても、光延は平然としている。

二人の間で喧嘩が始まってしまいそうで、冬雪は慌てて口を開いた。

「あ、あの……質問なんですが、いったいどうやったら、俺は子を産めるようになるんでしょう？」

心構えがしたくて冬雪が訊ねると、耀仁は難しい顔になった。

「そうだよね。本当なら雪くんにはまっさきに詳しい説明をしておくべきだ」

耀仁が説明してくれたところによると、男が出産するためには、まず、神が選んだ最適な日に『子授けの儀式』を行う。

その場で冬雪は、神の使いである白狐をその身に下ろす。そして、出産の際、赤ん坊は狐の子の姿で産み落とされるのだという。

「狐の子……？」

予想外の方法すぎて冬雪が目を白黒させていると、耀仁が頷いた。

「うん。でも安心して、すぐに人間の姿に戻るそうだから。白狐の力を借りるということ自体は、そんなに珍しくはないんだよ。うちの神社が祀っている神様は、自らの使いとして霊獣である白狐を従えている。一族の者が大物の悪霊や妖魔を祓うときに、自らの式神だけでは力が足りず、神様に頼んで白狐の力を借りるというのもしばしばあることだし」

続いて、光延が「子を孕んだあとのことは私から話そう」と切り出した。

「男の身での出産について、私は代々語り継がれたこと以外に、当事者である両親からも、生前に直接聞いている」

そうだ、男の身で出産したのは光延の母なのだ。彼と煌良の兄弟は、生存している中でもっとも詳しい話を耳にしているはずだ。冬雪は姿勢を正すと彼の言葉に耳を傾けた。

「母の妊娠期間は比較的短く、なぜかそれほど腹も膨らまなかったらしい。そして時が満ちると、白狐の導きにより、子は光の存在として世に出てきたそうだ」

淡々と言われて、冬雪はぽかんとなった。

「光、ですか……」

どうやら、自然分娩や帝王切開とはまったく違うらしい。

難しい顔をした耀仁が、祖父に訊ねた。

「僕が何よりも知りたいのは、冬雪くんの身の安全の保障だ。祖父さんは、僕の次の跡継ぎとなる赤ん坊のことは何をおいても守るだろうけど、冬雪くんは見捨てないとも限らない。

万が一危険があったときには、一族の陰陽師を総動員してでも彼を守ってくれると誓うか？」

「もちろんだとも」と光延は頷いた。

「男の身での出産はたやすくはない。だが、我が一族には代々大いなる加護がある。白狐も力を貸してくれる。命の危険というなら、女の出産と変わらないだろう。私の話が信じられなければ煌良にも訊ねればいい。ついでに、不測の事態が起きたときには、何を置いても冬雪くんを助けるという言質も取っておけ」

その後、耀仁が確認したところ、叔祖父の煌良からも、確かに彼らの母は男であり、当主と自分が彼から生まれた実子であると認めた。

それは、完全にではないけれど、男の体での出産には成功事例があるという証拠になる。

更に煌良は、万一のときは必ず冬雪たちの力になると約束してくれた。

――そして、もう一つ、冬雪たちには気がかりなことがあった。

光延に、もし冬雪との間に無事子供を授かっても、跡を継げと無理強いしないという約束をしてもらわなければならない。

「口約束ではなくて、破ることができない契約がしたい。血の誓いを結んでもらいたいと思う」

そう言って、耀仁は叔祖父を交えて当主と話し合いをした。子供が生まれた際について

『跡を継ぐことを強要しない』『万が一約束をたがえたら、耀仁自身も陰陽師修行をやめ、祖父とは縁を切る』の二点を申し出た。

祖父は耀仁が考えを変え、子作りをするつもりになったことに上機嫌だった。そのせいか、孫の条件を苦虫を噛み潰したような顔をしつつも受け入れる気になったようだ。二人は煌良立ち合いのもと、契約の書面を血で記し、破れない血の誓いを交わした。

やけに機嫌のいい当主とのやりとりの中で、煌良がこっそり冬雪に教えてくれた。

「おそらくだが、当主は、他の誰でもなく、雪くんに一条院家の跡継ぎを産んでほしいんだろう」と言われて、冬雪は驚いた。

「まあね、雪くんのことをよく知れば、祖父さんだって好ましく思うのは当然だよ。これまでは、僕の見合い相手を勝手に探していたようだけど、雪くんに会ってから一度も勧められていないし」

顰め面をしつつも、耀仁はなぜか自慢げだ。

光延はもちろん一条院家の血を引く跡継ぎを欲しがっているが、耀仁には決して代理母や愛人のような存在を勧めてはこなかった。彼が強要したのは、結婚後は冬雪に子を産むように、ということだけだった。

考えてみると、光延はどうやら本当に冬雪を気に入ってくれていたようだ。

当主は、結婚前からたびたび冬雪を一族の者として扱っていた。子供を産ませるためだけではなく、冬雪自身を孫の伴侶として気に入ってくれていたなら、こんなに嬉しいことはない。

すべての懸念が晴れて、耀仁と冬雪は、結婚後に子供を作ろうという結論に達した。

＊

「結婚おめでとう！」

「彼氏の実家に行っちゃうなんて寂しくなるわねえ」

「六車くんがいなくなるなんて信じられないわあ」

すっかり馴染んだバイト先の面々から、それぞれ餞別の菓子やフラワーアレンジメントをもらう。調理補助のバイトを辞める日は、少し前に異動した上司まで顔を出して、菓子折りを渡され、別れを惜しんでくれた。

元気でねー！と涙ぐんで見送ってくれる皆に、冬雪は何度も頭を下げた。

大荷物を抱えてバイト先を出る。すぐそばの道に耀仁の車が停まっていて、冬雪は胸がいっぱいのまま慌てて駆け寄った。


——雨宮耀とＫＥＩＴＡのドラマ撮影が終わってから、一年と少しの時間が過ぎた。

余命ものドラマの人気、そしてその後の大学教授役が爆発的にヒットし、映画化までされた。それによって、耀仁には更に大型スポンサーのＣＭ契約が舞い込んだ。ハリウッドからアクション映画の主演の話や、大河ドラマの主演の話も来たけれど、彼は『陰陽師は限られた人間しかできないけど、俳優はやりたい人間がたくさんいるし、他の人にもできる仕事だから』と言って、すべて断ってしまった。

CMと予定外だった映画の莫大な契約金で、耀仁の所属事務所は予想以上に潤ったらしい。これ以上新規の仕事は受けず、当初の予定通り、密かに芸能界を引退することを認めてもらえた。

最後に受けた大河ドラマの脇役がかなりの難役だったことも、不幸中の幸いだった。その仕事を機に、充電期間を設けるという名目で、表向き雨宮耀は休養に入った。

『これからは静かに暮らすよ。どんどん新人がブレイクするから、僕のことはすぐに忘れてもらえると思う』と耀仁はのんきに言う。

だが、雨宮耀の大ファンだった冬雪としては、それはどうかと異論を唱えたいところだ。

バイトを辞めた冬雪は、マンションの掃除と荷造り中だ。

最初は、耀仁だけが修行のために京都に戻り、冬雪は都内でポメ吉と待っている予定だった。だが、子育てをするなら、冬雪を一人にできないと耀仁が言い出し、京都に冬雪も同行することになった。来週引っ越しをして、再来月には本家で身内だけの結婚式を挙げる予定だ。

彼と出会ったとき、スポーツバッグ一つしかなかった冬雪の荷物は、じょじょに増えていった。

この一年半ほどの間に、レシピ本を六冊出版してもらった。どれも売れ行きは順調で、新しい本の話やレシピ開発など、ありがたいことに依頼は引きも切らない。

キッチンさえあればどこにいてもできる仕事なので、引っ越し後も地道にSNSへのアップを続けながら、自分のペースでやっていけそうだ。

いつか子を授かったら、打ち合わせで案として出ていた離乳食や子供食のレシピ本も出せたらと思う。

それが、今の冬雪の新しい目標だった。


耀仁はCMの契約が終了するのと同時に、芸能界の仕事を終えた。彼は冬雪とポメ吉を連れて、二人と一匹で故郷に戻った。

引っ越し先の住まいは、本家にほど近い場所にある。光延が特に気の流れのいい土地を耀仁に生前贈与してくれたので、そこに彼が新たに注文住宅を建てたのだ。

モダンな和風建築の新居はかなり広い土地の中に立っていて、整えられた庭には池や林まである。庭というよりどこかの公園みたいだ。

耀仁は日中はすでに家業の修行に入っているので、新居に必要なものを買い込むのは冬雪の役目だった。こういうときにいつも手伝ってくれた三善は、新人俳優を任されてしまい、すぐには事務所を辞められないらしい。育成のめどがついたら退職し、またすぐに耀仁の補佐をすると意気込んでいるようだが、耀仁は冷静だった。

彼は『あいつはマネージャー業が合っているみたいだから、もしかしたら、こっちには戻らないんじゃないかな』と言う。残念だが、確かに気の回る三善にはぴったりの仕事だと冬雪も思った。


耀仁は休みもなく、毎日のように修行で留守にしている。その間、冬雪のほうは新居を整えるためにせっせと動き回っていた。

結婚式までは、定期的に本家に顔を出すように言われているので、お茶出しや料理をしたりして、川見たちと食事をとってから帰っている。時折、結婚式の説明や衣装合わせのために呼ばれることはあるものの、花嫁修業に訪れていたときと同じ雑用係だ。

いっぽうで、深夜に帰宅して朝早くにまた出かけていく耀仁は疲労困憊の様子で『ごめん、毎日こんなふうで』とすまなそうにしている。修業は相当厳しいものらしく、体が限界のようで、綺麗好きな耀仁が着替えもせずそのまま布団に寝てしまうことすらあるほどだ。昼食にはすぐに食べられるものがいいと頼まれておにぎりを作っているけれど、夕食はとれているのかもよくわからないし、当然のんびり会話をする余裕もない。

俳優だったときのほうがまだ時間に余裕があった。ゆっくり過ごせる時間がまるでない彼のことが冬雪は心配でたまらなかった。

「あの、耀仁さんはいつも、どこでどんな修行をしているんでしょうか?」

あるとき、本家で食事を食べ終えた冬雪は、そっと川見に訊ねてみた。

陰陽師家業を継ぐための修行と言うけれど、毎日早朝に出かけていく耀仁の姿は本家では一度も見かけない。光延や煌良に会うことはあるので、何がどうなっているのかわからない。気になって川見に訊ねると「あら、修行なら、きっと山向こうの……」とまで言ったところで、「ちょっと」と他の者が慌てて止めに入る。川見もハッとなった。

「ごめんなさいね、私からは言えないの。でも、夜には必ずお戻りになるから大丈夫よ」と言われて、冬雪は余計に耀仁がどこで何をしているのか不安になった。

(耀仁さん、大丈夫なのかなあ……)

いつも冬雪のそばにいるポメ吉も、疲れきっている耀仁の状況を映し出すように四六時中ぐったりしている。

耀仁はいったいどんな過酷な修行をさせられているのだろう。くたくたになって戻る彼のことを気にかけながらも、結婚式の日はもう間近に迫っていた。


その日は、すがすがしいほどの晴天に恵まれた。

早春の中でも、光延がよりすぐった最良の吉日である結婚式当日。朝早くから水を浴びて身を清めた冬雪は、本殿の控えの間で介添えの人たちの手を借りて身支度を始めた。

「はい、できましたよ」

衣装を整えてくれた一族の女性たちがにっこりして冬雪の手を取り、姿見の前に連れていく。

「冬雪さん、とてもよくお似合いですよ」とポメ吉を抱っこした川見が頰を綻ばせる。ポメ吉は式神なので、本殿に入る許可を得て、式にも参列させてもらえる。今日は式の間、川見が抱っこしていてくれる予定だ。

「この姿を見たら、坊ちゃんも喜ぶでしょう」と皆に言われ、ぎこちなく笑いながら、冬雪は姿見の前に立った。

鏡の中の自分は、真っ白な着物を幾重にも重ねて纏い、髪には花飾りをつけている。

一族のしきたりにのっとって冬雪が着せられたのは、なんと純白の十二単だった。

初めて唇にさした紅のせいか、鏡の中で頼りない表情をしているのは自分ではないみたいだ。しかも——。

（お、重い……！）

重ね着した着物もやたら長い長袴も、とにかく重量感がある。

「お式の間だけですから、少し我慢してくださいね」

川見が同情するように言う。はい、と冬雪は引きつった笑みを浮かべた。

これでも昔よりは軽くなったのだと言われたけれど、自由に身動きがとれない。

だが、耀仁の祖父から奇跡的に結婚を許してもらえた上に、一族から祝福してもらえるというのだからありがたいばかりだ。冬雪としては、大仰すぎる婚礼衣装に恐縮する気持ちはあるものの、文句を言う気にはならなかった。

（耀仁さんは、着替え終わったのかな……）

陰陽師になるための厳しい修行も、さすがに式の前日からいったん休止になったらしい。

『この二か月で、修行から離れていた分を全部埋めるくらい働かされたよ』とぼやく耀仁は、昨日は一日体を休めるのに充てた。合間に、冬雪が作った食事を久しぶりにゆっくり味わい

『やっぱり雪くんのごはんは世界一美味しい』と過剰なくらい褒めてくれた。顔色もよくなった彼から、結婚式の前日ぎりぎりに三善がこちらに戻ってこられたこと、彼が再び耀仁の補佐をしてくれることを教えてもらった。耀仁もどこか安堵している様子だし、やはり慣れて気の利く三善がそばにいてくれるのはありがたいと、冬雪も嬉しくなる。それから、式のあとは修行も数日休みをもらえそうだと聞いて、冬雪はホッとしていた。

「あちらのお支度はどうかしら？　ちょっと私、坊ちゃんの様子をうかがってきますね」

気の利く川見がそう言って控えの間を出ていく。

今日はご先祖様への挨拶など、朝のうちに行うべき儀式があるらしく、耀仁は冬雪より先に新居を出ていった。『雪くんの婚礼衣装姿、すごく楽しみにしてるよ』と言われていたけれど、その後は別々の場所で準備をしていたのでまだ会えていないのだ。

本殿の支度も整い、間もなく式が始まると通達があった。

房のついた木製の檜扇《ひおうぎ》を持たされると、冬雪は使者のあとについて、そろそろと本殿に向かって控えの間を出た。

着物が重すぎて一人ではとても歩けないので、背後に神職の者が二人ついて、裾を持ってくれる。川見から歩き方を伝授され、転ばないように気をつけながら、小股でちょこちょこと歩いていく。

半ばまで進んだとき、向かい側の外廊をこちらに向かって進んでくる人影に気づいた。

――それは、束帯姿の耀仁だった。

背後に袴姿の三善と、二人の神職を従えた彼は、漆黒の袍に薄紫の平緒を合わせ、腰には飾り太刀を差して、笏を手にしている。髪を撫でつけ、冠を載せた正装姿は、ハッとするほど雅やかで、たった今、平安絵巻の中から現れた貴族のようだ。

(耀仁さん、似合いすぎ……!)

思わず冬雪が足を止めて呆然と見惚れていると、こちらに気づいた耀仁がかすかに目を瞠る。

それから彼はゆっくりと頬を緩めた。

小さく口を動かし、『きれいだ』と言ったことがわかる。

「どうぞお進みください」

神職に促されて、慌てて足を進める。顔が赤らむのを感じながら、冬雪は美しすぎる今日の耀仁の姿で、頭がいっぱいになってしまった。

式用に整えられた本殿内には、正装姿の人々が集まっている。スーツやドレスを着ている人は少なく、女性は着物、男性は紋付き袴の者がほとんどだ。

気にせず呼びたい人を招待していいと言われたけれど、冬雪は誰と結婚するのかを伝えら

れず、呼べる者がいなかった。一人きりなのは覚悟していたが、ポメ吉を抱っこした川見をはじめ、本家で顔見知りとなった使用人たちが正装して冬雪側の席に座ってくれていることに気づく。

(これは、当主の計らいかな……)

もしくは、耀仁が気を回してくれたのかもしれない。生まれについてはどうしようもないことなので諦めていたけれど、天涯孤独の冬雪が恥をかかずにすむよう、もしくは寂しくないように気を使ってくれたことに胸が温かくなる。

当主が祝詞を上げ始め、粛々と儀式は進んでいく。

ふいに、ふわっと冬雪の体が温かく、そして軽くなった。

一瞬だが、きらきらしたものが自分の周りを舞う。清らかで神々しいそれは、冬雪が以前纏わりつかれていた黒い妖魔とは真逆の存在だ。

とっさに冬雪が隣にいる耀仁を見上げると、彼は小さく微笑んで囁いた。

「これからは雪くんも一族の人間だ。目には見えないけど、うちが祀っている神様やご先祖様たちが守ってくれるよ」

まさか彼と結婚することで、そんなおまけがついてくるとは思わなかった。

ぽかぽかする体の心地よさに浸っていた冬雪は、急に見えたものに目を瞬かせた。

ずらりと並んだ参列者たちの中には、肩の上に鷹や子猿、イタチみたいな動物を乗せていたり、そばに虎や鹿みたいな生き物を従えている者がいるのだ。

先ほどまでは確かに何もいなかったはずなのに。

これまでは見えなかったものに気づくたび、息を呑んでしまう。当主のそばの棚には八咫烏が止まっているので、おそらく彼らは皆陰陽師で、それぞれが使役している式神を連れてきているのだろう。

耀仁は、修行を重ねて力が強まれば、式神をもっと自由自在に操ることができると言っていた。つまり彼らは一族の者以外には見えないよう、式神を隠していたようだ。式神たちは主人の命令に従っているのか、皆、神妙な様子で大人しくしている。

（す、すごい……ちょっと、怖いけど……）

冬雪は改めて、自分が嫁いだ家は普通ではないことを実感した。

そのときだった。

唐突に本殿の窓から何かがばさりと投げ込まれた。黒っぽいものがその袋の中から飛び出してくる。

それぞれの主人のそばで大人しくしていた式神たちが身構え、威嚇の声を上げた。

「おい、妖魔だ!!」

もっともそばにいた者が飛び退り、驚愕の声を上げる。龍みたいなかたちをした黒っぽくて細長いもやもやが本殿の天井をうねうねと舞うのを見て、冬雪もぞっとした。

それは、長い間冬雪が付き纏われてきた妖魔によく似ていたからだ。

(まさか、こんな日に妖魔が出るなんて……！)

神社の敷地もこの本殿も、強固な守りのもとにあるはずだ。そこを破って入ってきたとしたら、相当力の強い妖魔なのかもしれないと血の気が引いた。

しかも、冬雪は特別かさばる婚礼衣装を着ていて、そう簡単には逃げられない。どうしよう、と戸惑っていると、耀仁が冬雪に顔を寄せてきた。

「――雪くん。必ず守るから、心配しないで」

耳元でそう囁くと、耀仁が冬雪と妖魔との間に立ちはだかった。

妖魔の尾が燭台をなぎ倒し、火が御簾に燃え移る。妖魔の動きに合わせて悲鳴が上がり、着物姿の女性たちが逃げようとして、厳かな空気は一転して騒然となった。

「誰か、対処を!!」

転んだ女性を助け起こしている煌良が、血相を変えて声を上げる。

「僕がやる。ポメ吉、来い！」

そう言うと、さっと裾を翻して耀仁が祭壇の前に出た。

「あっ！」と末席にいた川見が声を上げる。彼女の腕の中から飛び出たポメ吉が、短い脚で慌ててちょこまかと耀仁のあとを追った。

ポメ吉を従えた耀仁は、目の前に二本指を立て、何か呪文のようなものを低く唱える。

「式神よ、我が血において命ずる。魔を浄化せよ」

彼が鋭く命じて、暴れ飛び回る妖魔にその指を突きつける。

その瞬間、三匹の大型犬に分裂したポメ吉が、唸り声を上げて、一気に妖魔へと飛びかかった。

「おおお!!」

誰かの驚愕するような声が聞こえてきた。

獰猛な牙を持つ猟犬のような姿に変身したポメ吉たちは、妖魔の首元、胴体、尻尾に噛みついた。床に妖魔を叩き落とすと、まるでご馳走を食べるかのように、がつがつとその身に食らいつく。抵抗していた妖魔はあっという間に身をちぎられて、三匹のポメ吉の腹に納まってしまう。

耀仁と変化したポメ吉による浄化が済むと、一瞬、その場は静まり返った。

「――よくやった」

ふいに、光延が口を開く。

席に腰を下ろしたまま、微動だにせず様子を眺めていた当主が、満足げに頷いた。

周囲から感嘆の声と盛大な拍手が上がる。

「さすが耀仁だ」

満面に笑みを浮かべた煌良が、ひときわ勢いよく手を叩いている。

「これで当主も安泰ですな」

「陰陽師業は坊ちゃんに任せて、安心して引退できますわね」

(えっ⁉)

一転して和やかな皆の会話が呑み込めず、冬雪は呆然としてしまう。とっさにポメ吉たちを撫でていた耀仁を見ると、彼はすまなそうに冬雪を見てから、祖父を睨んだ。

「雪くんを驚かせるから、余興はしないって言ったのに、やっぱりだな」

「やむを得ない。これはしきたりだ。新郎は一つ、花嫁の前で力を見せる義務がある。お前はこの力で、冬雪くんの一生を背負っていくのだからな」

当主は平然とした顔で言いきる。

「じゃ、じゃあ、まさか……?」

冬雪はあわあわしながら耀仁に訊いた。彼が苦い顔で教えてくれる。

「そう。陰陽師が花嫁を娶るときは、こういう儀式をやることになってるんだ」

しい。

――つまり、あの妖魔は、偶然襲いかかったわけではなく、なんと結婚式の余興だったらしい。

そもそも、あの妖魔自体が、耀仁が修行の最中に捕らえ、他の大物の妖魔をおびき寄せるために確保していたものだというから驚いた。

まさか、本殿に本物の妖魔を放つなんて、なんて物騒な余興なのか。

耀仁は、古いしきたりだから、自分たちのときにはする必要はないと話を通しておいたのに、光延には通用しなかったようだ。流れは冬雪以外の皆は知っていたようで、参列客たちは談笑しながら服を直して席に戻っている。倒れた燭台や燃えた御簾も覚悟の上だったようで、神職たちが数人がかりで素早く片付けた。

いつの間にか、ポメ吉はいつもの愛らしい小型犬に戻っている。耀仁が当主に憤りを感じているせいか、まだ数は三匹のまま冬雪のそばまでとことこと並んでこちらにやってきた。

「ポメ吉も偉かったね」とせいいっぱい褒めて一匹ずつ撫でてやると、どこか誇らしげに揃って尻尾をふるふるしている。

「ごめんね、びっくりさせて。うちはこういう家なんだ」

「いえ、あの、ポメ吉もすごかったですし、それに……耀仁さんも、すごくかっこよかったです。守ってくれて、ありがとうございます」

たどたどしく、冬雪が正直な気持ちと感謝を伝えると、彼が目を丸くして、少し照れたように笑った。

「お礼を言われるとは思わなかったよ……最近はポメ吉にだいぶ力を分けられるようになってきたんだ。いざというときも手足になってくれるとわかったから、それはよかったかも」

ポメ吉を見ながら目を細めて彼は言う。三匹になっているのは、彼が一時的に力を注ぎすぎたかららしい。

「ともかく、危険な余興だったから、怪我人を出さずに、雪くんも守れて本当によかった」

耀仁が冬雪の手を取って自らの頬にくっつける。おそらく、このかさばる婚礼衣装では抱き締めることができないからだろう。冬雪もホッとして、その手で彼の頬を撫でた。

そうしているうち、周囲の人々がにこにこしながらこちらを見守っているのに気づき、冬雪は顔が赤くなるのを感じた。

(耀仁さん、本当にかっこよかった……)

介添えの人に促されて、改めて椅子に座り直す。少し落ち着いてから、冬雪はしみじみと先ほどの光景を噛み締めた。

彼が前に出て、呪文を唱え始めたとき、自分の中に根深く残っていた妖魔への恐怖が消えていった気がした。修行の成果か彼の妖力は圧倒的で、ささいな妖魔など恐れるに足りないということが伝わってきたからだ。

人気俳優だった耀仁の新たな演技がもう見られないのは、かなり残念だ。けれど、彼はやはり、陰陽師になるべきだったのだ。

天賦の力をこれからいっそう磨き、きっと多くの人々を救うことだろう。

自分にはなんの力もないけれど、これから少しでも彼の支えになりたい。

場が整えられると、式の終わりに当主が厳かに告げた。

「これよりこの者は、我が孫耀仁の伴侶、一条院冬雪となった。冬雪には、どこにいても我が神の加護、そして我が一族の守護が与えられる。皆も助けてやるように」

当主の言葉に、参列してくれた人々が一礼する。

一条院冬雪。

新しい名前を告げられて、にわかに今日の出来事が現実だという実感が湧いてきた。

(本当に、耀仁さんと結婚したんだ……)

彼の実家の天翔神社で、一条院家の限られた親族に見守られながら、二人は結婚式を終えた。

「えっ、こ、今夜なんですか？」

予想外の儀式を終えて、用意された本殿の控えの間に戻ると、冬雪はようやく十二単を脱がせてもらった。

着てきたシャツとジーンズに着替えて一息吐いた頃、上下黒の袴姿になった耀仁がやってきた。

「うん。いきなりなんだけど……実は今夜、例の特別な『子授けの儀式』を行うことが決まったんだ」

顰め面の彼から知らされて、冬雪は仰天した。

（さっき、結婚式をしたのに……今夜なんだ……）

動揺したけれど、もちろん、結婚式の夜が初夜であることは冬雪も知っている。

だが、男同士の自分たちが子を授かるには、その前に特別な儀式を経る必要がある。

ただ、その儀式の日取りはまだ決まっていなかった。光延が言うには『神が決めた吉き日に』ということだったので、まさか結婚式が終わった夜に即、儀式を行うとは思わなかったのだ。

もし今日、儀式を行って、夜に耀仁に抱かれ、すぐに子を授かったりしたらどうしたらいいのか。服やベビー用品はあれこれとチェックしていたけれど、子を迎えるための実際の準備はまだ何もしていないのに。

（でも、そんなにすぐには授からないものなのかな……）

冬雪が混乱した頭の中で考え込んでいると、耀仁が息を吐いた。

「僕も今朝知らされたところなんだ。早朝に神のお告げがあったって言われて」

彼のほうも、日にちはやはり、式が終わってしばらくしてからだろうという心積もりだったという。

儀式は日暮れからなので、ともかく食事を運ばせるから、軽く食べようと言われる。

ほどなくして使用人が膳に載せられた食事を運んできてくれた。重たい着物と緊張で疲れていたせいか、忘れていた空腹を思い出し、耀仁と二人で向かい合わせに座って食べた。

食べ終えた膳を片付けて、茶を運んできた使用人が下がる。

二人きりになると、彼が「そっちに行ってもいい？」と訊ねてきた。

冬雪が頷くと、そばに寄ってきた彼に肩をそっと抱き寄せられた。冬雪は大人しく頭を預けて、耀仁の大きな手で肩を撫でられながら、彼が髪に顔を埋めるのを感じた。

密着していると、かすかに耀仁の匂いがする。彼の温かい体を感じると、半日分の疲れが消えていく気がして、冬雪は安堵の息を吐いた。

しばらくそうしてから、耀仁はふいに体を離した。

「……このあと儀式をするなら触らないほうがいいね。キスしたくなる。そうすると、雪くんはもう一度禊《みそぎ》をしなきゃいけなくなるから」

「そうなんですか」

残念そうに言われて、冬雪は首を傾げた。水を浴びるくらい構わないのにと思う。

ふいに耀仁が真剣な眼差しを冬雪に向けてきた。

「雪くん、もし少しでも儀式や出産に不安があったら、絶対に無理はしないでね。たとえ儀式の途中でも、やめたくなったらいつでもそうしよう。僕が皆に伝えるから」

「や、やめないです！」

冬雪は慌てて首をぶるぶると横に振った。

「儀式が始まっても、もしちょっとでも嫌だったり、不安があったりしたら、いつでも言ってほしい。というか、危険があると感じたら、僕がやめさせるから」

いいね？と言われて、冬雪は仕方なく頷いた。

少し話をしたあと、三善が彼を呼びに来た。何やら夜の儀式のための準備があるらしく
「じゃあまたあとで」と言って、名残惜しそうに冬雪の手を握ってから、耀仁は自分の部屋

に戻っていく。

冬雪は落ち着かない気持ちで日暮れを待った。

日が暮れると、結婚式の介添えをしてくれたのとは別の神職の者がやってきて、また着替えをするように言われた。用意されたのは白い着物一揃えで、それを身につけると、案内されて再び本殿に向かう。

夜の神社は厳かな空気を醸し出している。

外廊には篝火が焚かれていて、中に入ると、捲り上げられた御簾の向こうに普段は隠れている御神体が置かれているのが見えた。

天翔神社が祀っている神様は、一般的な像ではなく、不思議な光を放つ透明な球体だ。見ていると心が洗われるような神々しい美しさで、感覚の鈍い冬雪でさえも畏怖を覚えるような強い力を感じた。

「新婦をお連れしました」

案内の者が声をかけ、促されて冬雪は中に足を踏み入れる。

同じ場所のはずなのに、昼間とはがらりと印象が違って見えた。昼間は彩りの鮮やかな組み合わせだった御簾は、すべて赤い色のものに変えられている。強めの香がたかれていて、辺りはかすかに煙って見えるほどだ。

中には当主と、それから四人の陰陽師がいた。陰陽師たちはそれぞれ左右の壁を背に、向かい合って腰を下ろしている。

儀式を行うためか、結婚式のときとは異なり、彼らは全員が狩衣《かりぎぬ》姿で烏帽子をかぶっている。そのうちの一人は叔祖父の煌良だ。

そして、入り口そばには、すでに耀仁の姿もあった。彼は先ほどと同じ上下黒の袴姿だ。ぺこりと中の人々に頭を下げてから、冬雪は彼の隣に腰を下ろす。

厳粛な空気に怯んでいたので、彼と目が合って微笑んでくれるとホッとした。

二人の前には、捧げ物らしき神酒や鯛など、様々な高級品が膳の上に載せられている。

「揃ったな。では始めるか」

当主がそう言って、祭壇のほうを向こうとすると「ちょっと待って」と耀仁が声を上げた。

「まずは子授けの儀式について、もっと詳しく説明してほしい」

すると、そのまま進めそうだった当主が片方の眉を上げて振り返る。

「――煌良」

「ああ、では私から話そうか」

当主から振られ、すんなり頷くと煌良は説明してくれた。

「男が子を産むためには、我が一条院家に伝わる秘術を行う必要がある」

とうとうだ、と冬雪は気を引き締めて、ごくりとつばを飲み込んだ。

「それは、初夜の前にまずは花嫁が餌となる薬を飲み、神のお使いである白狐をその身に憑かせる儀式を行うことだ」

（餌を……）

だいたい、耀仁から聞いていたことと同じだ。

煌良によると、白狐を身に憑かせた状態で男と交わると、孕むはずのない男の身であっても、子を授かることができるのだという。

「白狐は、命婦専女神《みょうぶとうめのかみ》といって、我が神社が祀る神様のお使いだ。儀式を行えば誰でも子を授けてもらえるが、その代わりに、子を腹に孕む喜びを一部、分け前として捧げることになる」

（『子を腹に孕む喜び』？　いったいなんのことだろう……）

必死で理解しようとしたが、冬雪にはいまひとつ意味が掴めない。ちらりと隣にいる耀仁に目を向けると、彼は理解できたようで難しい顔をしている。

「白狐の餌って、まさかあれ？」

「ああ、そうだ」

耀仁の問いに、煌良が頷く。耀仁の顔がいっそう険しくなった。

今にも彼が『やっぱりやめよう』と言い出しそうで、冬雪の不安は強くなる。

「ここは、冬雪くんの意思に任せたほうがいいだろう」

当主や耀仁が何かを言う前に、煌良がやんわりと促してきた。

「普通の妊娠とは違う。子が腹にいる間は、短くとも、働くことや自らの自由などは考えられない状態になるだろう」

「えっ……おなかに子供がいる間は、働けないんですか？」

思わず訊ねると、煌良は痛ましげに目を細めて「ああ、難しいだろうな」と頷く。

バイト先でも妊婦の同僚はぎりぎりまで頑張っていることが多かったので、普通に冬雪も働くつもりでいた。レシピの制作は自宅だから、なんとかできるといいのだが。

「親となるのだから、当然二人とも大変だろうが、特に、冬雪くんの負担が大きかろう。気乗りしなければ、やめるのも一つの道だ。ただ、たまたま今回は結婚式の当日だったが、次に道が開かれる日は何年後か、もしくは何十年後かもしれない。それは覚悟した上で決めるように」

煌良が言うと、当主と、他の陰陽師たちの目が冬雪に集まる。冷や汗を滲ませていると、正座した膝の上の手を、耀仁がそっと握ってきた。

「ぎ……儀式を、やってもらいたいです」

必死の思いで冬雪は声を絞り出す。ぎょっとしたように耀仁が顔を覗き込んできた。

「怖かったら無理をする必要はないんだよ。叔祖父はあんなふうに脅してきたけど、決意が固まるまで、何年か考えたっていいし……っ」

「俺、やりたいです」

「でも、雪くん」

「これを乗り越えなかったら、耀仁さんの子供には会えないですし……」

切実な気持ちで冬雪は訴えた。

「たぶん、今やってみないで諦めたら、一生後悔すると思うんです」

彼の目を見て、縋るみたいに言うと、耀仁が言いかけた言葉を呑み込んだ。

「――決まったようだな。度胸のある伴侶をもらって、耀仁は果報者だ」

耀仁がぎろりと当主を睨む。

「では、儀式を始めよう」

当主が言い、祭壇に向かう。昼間の結婚式のときに上げた祝詞とは違う、何か呪文のようなものをとうとうと読み上げ始めた。

目の前の神饌《しんせん》を祭壇の前に置きに行くように言われて、冬雪は従う。

すべてを捧げ終わると、今度は神職が目の前に、赤い小さな椀をコトリと置く。

介添えの者の手で蓋が開けられると、中には黒い液体が入っている。しかも、何やらかすかに水面が動いていて、生きているように見えるのに冬雪はぞっとした。

「そちらが白狐様のエサです。一息で飲まれますように」

神職に促されて、とっさに耀仁のほうを見そうになったが、彼と目が合ったら、今更ながら逃げたくなってしまいそうだった。

(海藻みたいな……もしくはナマコの一種とか、そういうのかな……)

器の中身を凝視して固まっていると、「安心しろ、毒ではない」と当主の声がした。

「詳しく説明するか？」と訊かれて、「い、いいえ、けっこうです」と慌てて冬雪は首を横に振った。正体を聞いたら、それこそ口にできなくなってしまう。

「雪くん」と耀仁の心配そうな声もして、冬雪は覚悟を決めた。

器を持ち上げ、目を閉じて一気に飲み干す。

「雪くん、大丈夫!?　ほら、ここに吐いて」

慌てたように耀仁が声をかけてくれる。苦みが強烈で、反射的に吐き気が襲ってきたが、どうにかこらえると、視界に白い炎のようなものがパッと弾けた。

あまりのまずさに潤んだ視界に、御神体の前で白い炎が煌々と燃え上がっているのが見える。

祭壇の上に置かれていた文字の書かれた割符みたいなものを、当主がその炎の中にくべる。

炎がいっそう激しく燃え上がったところで、他の陰陽師たちも全員が揃って呪文を唱え始めた。

「我が跡継ぎとなる一条院耀仁、その伴侶である冬雪に、すべての災厄を避けて、よき子を授け給え」

当主が声を上げると、御神体が揺らぐ。そこから光が放たれて、どこからともなく飛び出てきた金色のかたまりが、ものすごい勢いで冬雪の中へと入ってきた。

「——なぜ、天狐様が!?」

驚愕した煌良の声と、誰かの悲鳴が聞こえる。

「お呼びしたのは白狐様のはずでは」

「まさか、天狐様自らが降りてこられるとは、どうしたことか」

ざわめきの中で、呆然と潤んだ冬雪の目には天井しか見えない。

体がじんじんと熱くて、頭がぼうっとしている。

「……くん、雪くん!?」

必死で自分を呼んでいるのは、耀仁だとわかった。

「ともかく、対策を考えよう。その間は、冬雪くんの中から天狐様が出ていかないように気をつけろ」

「そんなことを言ってる場合か!?　天狐を受け入れたままにしておいて、もし、雪くんが死んだらどうするんだ！」

冷静な当主の声に、耀仁が食ってかかっている。

(耀仁さん、俺は大丈夫ですから……)

そう言いたくて、力の入らない手を伸ばそうとする。指先がぴくりと動いただけだったが、すぐに耀仁が気づいてくれた。

「雪くん、苦しくない？　水を飲む？」

切実な声で訊ねてくる彼の声を聞いているうち、冬雪は意識を失っていた。


夜半、冬雪はふと目を覚ました。

寝ていたのは、高級そうなふかふかの羽根布団だ。掃除で入ったことがあるので見覚えがあるが、ここはおそらく本家の客間のようだ。

そばには、付き添っていてくれたのか、あぐらをかいた膝に肘を突いた耀仁がいて、苦悶の表情で目を閉じている。

（こんな姿勢で寝ていたら、体を痛めちゃう……）

一緒に寝てもらおうと、冬雪が重たい体を起こすと、ふわっと尻の辺りに何か柔らかいものが触れた。振り返ると、ふさふさの豊かな白い毛を持つ尻尾のようなものが見える。

「こ、これ、なに……？」

触ると、滑らかな触り心地がした。ふわふわした毛並みの尻尾は、明らかに自分の尾てい骨から伸びている――つまり、冬雪の尻から生えているようだ。

「ん……」

驚愕して起こす前に、耀仁は冬雪の声で目覚めたらしい。

「雪くん！　具合はどう？　苦しいとか、痛いところとかは？」

「す、すみません、俺、なんか寝ちゃったみたいで……体が重いだけで、どこも痛くはないです」

耀仁が水を注いだ茶碗を渡してくれる。喉が渇いていたのでありがたく礼を言って受け取り、飲み干したところで、冬雪はハッとした。

「そうだ、この尻尾……」

「ああ、例の子授けの儀式で、大変なことが起きたんだ」

落ち着いて聞いてほしい、と言われて、冬雪は耳を傾ける。

時計を見ると、いまは結婚式の翌日、午前三時を過ぎたところだ。冬雪は何時間か意識を失っていたらしい。

彼は額に手を当てながら苦い顔で説明してくれた。

「当主は僕たちに子を授けてもらうために、特別な祈りを捧げて、神様の使いである白狐を君に憑かせようとしたんだ。それなのに、なぜか天狐が降りてきてしまった」

天狐は神様の側仕えで、通常は御神体のそばにある狐の石像に宿る。白狐たちを使役している。立場としては白狐の上司みたいなものらしい。

耀仁は困惑したように一度言葉を切り、それから思い切ったように続けた。

「天狐は何百何千といる白狐霊の上に君臨する存在なんだ。つまり……どうやら我が一族が祀っている神様が、なぜかお使いの白狐ではなく、格上の側仕えである天狐をよこしてくれたらしいんだよ」

彼に手鏡を渡されて、冬雪はこわごわとそこを覗き込む。

すると、鏡の中に映った冬雪の頭の上には、立派な真っ白い狐の耳が二つ、ピンと立っている。まるでコスプレをしているような姿に唖然とした。

おそるおそる触ってみると、感覚があり、ふにゃりと柔らかい。

「一族に伝わる話でも『白狐を降ろしたあとも特に見た目に変化はない』といわれていた。

だから、憑いたのが予定通り白狐だったら、こんな変化はなかったはずなんだ。おそらく、天狐のほうが力が強大だからこうなってしまったんだろう」

「そうなんですね……」

冬雪には白狐と天狐の差はよくわからないけれど、ともかく予定外に、部下ではなく上司が降りてきてしまった、ということだけはどうにか理解した。

問題は、この立派すぎる耳と尻尾があらわになっていることだ。

「あ、あのう……この耳と尻尾って、いつ消えるんでしょう……？」

これでは外に出られないし、出たら街中で狐耳のコスプレをしていると誤解されてしまいそうだ。

救いを求めて訊ねたけれど、耀仁は申し訳なさそうに答えた。

「僕も祖父さんや叔祖父に訊いてみたけど、そもそも、白狐を憑けて子を授かろうとするとき、基本的には子を産むときに自然と白狐も親の体から解放されるものらしい。解放の儀式を行えば消えるはずだけど、そうすると……天狐が離れてしまうから、子を授かることができなくなる」

だから、もしこのまま子供を望むなら、自然の流れを待ったほうがいいと言われたと聞いて、冬雪は絶望した。

「じゃ、じゃあ、先々赤ちゃんを授かって、産むまでの間、この耳と尻尾はずっとこのままってことなんでしょうか……？」

「うん……本当にごめん。これじゃ外に出られないよね。三善や使用人に必要なものは頼めるし、僕もなんだってするけど……まさか、こんな事態になるなんて」

耀仁は苦い顔で謝罪してくる。

彼のせいではない、と急いで伝えた。これは誰のせいでもない。

（ど、どうしよう……）

それにしてもなぜ、天狐が憑いてしまったのか。当主や本家の陰陽師たちも驚いていたようだから、本当に予想外の事態だったのだろう。

望み通り子授けの儀式は受けられたものの、耳と尻尾は希望していない。

その後、耀仁が呼んだ医師の診察を受けて、一時的に意識を失っただけで、冬雪の体には特に問題はないとわかって胸を撫で下ろした。

天狐が憑いてよかったことといえば、一つだけだ。

それは、授かる子供に大なり小なり影響があり、おそらくは極めて妖力の強い子が授かるだろうということだった。

当主を含めた陰陽師たちは歓喜していて、すでに子の誕生を楽しみにしている。まさか、妖力に恵まれた子を授かるために、わざと天狐を召喚したのではないかと耀仁は疑って、一時当主と言い争いになった。しかし、天狐を選んで憑かせる方法自体が見つからないので、やはり偶発的な出来事だったとしか思えない。どうにか和解してくれたことに冬雪はホッとした。

冬雪としては、今のところ困ったことしかない。なぜなら、天狐憑きになってからというもの、本家で働く使用人や神職たち、そして陰陽師や当主までもが自然と冬雪に頭を下げ、傅《かしず》いてしまうのだ。

あんなに威嚇されていたのに、当主の式神である八咫烏まですっかりしおらしい態度になっている。他の陰陽師の式神たちも冬雪の前ではひれ伏し、虎など腹を見せるし、子猿は震えてしまう。冬雪自身は何も変わらないのに、驚くばかりだ。

『妖力のある者には何かわかるみたいだね。僕も雪くんから光みたいな眩しさを感じることがあるよ』と言いつつも、耀仁だけは、陰陽師の中でもたった一人だけ、普通に接してくれるのがありがたい。なぜか三匹になったままのポメ吉たちも、変わらずに懐いてくれていることはわずかな救いだった。

うっかり神様の側仕えを憑けてしまった冬雪は、本家では落ち着くことができなかった。なぜなら、耀仁が使っていた離れに移っても、この千年であり得ないほど珍しい事態だと陰陽師や神職たちが次々とやってくる。誰からも尊い身だと拝まれてしまうので、いっこうに気が休まらない。

当主たちには反対されたが、耀仁が彼らを説得してくれて、冬雪たちはもともと結婚後住む予定だった徒歩圏内にある新居に移る許可を得た。

すぐそばなのは幸いで、上着とフードで耳と尻尾をどうにか隠して、冬雪は耀仁に連れられて新居に移った。

しかし、召喚するはずだった白狐ではなく、天狐が降りてきてしまったこと。

そして、狐の耳と尻尾がつくという異常事態にすっかり動転してしまっていた。

あの儀式は、そもそも子宝を授かるためのものだったのだ。

——冬雪の体に大きな異変が訪れたのは、その夜からだった。

新居の浴室は立派な檜《ひのき》風呂で、湯を溜めるといい香りが漂う。一人で入るには余るほどのぜいたくな造りだ。

その夜、風呂から出る前に、冬雪は耳と尻尾をふるふるして水気を飛ばした。体を拭いて、耳と尻尾も丁寧にタオルで拭ってから、髪の毛と同じようにドライヤーをかけて乾かす。それから、本家で川見が用意してくれた浴衣を着込んだ。

外にさえ出なければ大きな問題はなさそうだが、しっかりとした尻尾が生えていると、ジーンズやパジャマのズボンがうまく穿けないのは困りものだ。

(しばらくは浴衣で暮らすしかないよね……)

気を取り直して掃除をして、濡れた場所をぴかぴかになるまで綺麗にしてから、すっきりして洗面所を出る。

今日の夕食は、自分で作れると言ったけれど、無理はしないようにという当主の通達があり、本家から川見が運んでくれた。特にどこにも異常はないのに、掃除や風呂の支度まで全部済ませてくれて、ほとんどぼんやりしていただけだったことが申し訳ない。

明日からはちゃんと家事をしようと心に決めながら、耀仁を捜すと、居間の座卓の上に本を広げていた彼が振り返った。そばにはポメ吉たちが腹を出して寝転がっている。警護がてら、しばらくの間三匹のままのほうがいいと彼が決めた。耀仁がポメ次郎とポメ之介という名前をつけて、すでに三匹いることが当たり前みたいな顔でのびのびしている。

「お風呂、先に使わせてもらいました」

タオルを手に冬雪がぺこりと頭を下げると、耀仁が微笑んで手招きした。

冬雪は彼のそばに寄って膝を突く。

「よく温まったみたいだね。頬がピンク色になってる」

はい、と頷くと、「まだ少し濡れてるよ」と言って、彼がタオルを取り、まだ扱いに慣れない獣耳を拭いてくれる。

されるがままになっていると、「はい。もう大丈夫だ」と言って頭を撫でられた。

座卓の上に広げられている書物は、達筆な筆字で書かれた和綴じの古い本に見える。おそらくは保管庫から持ってきたものだろう。

冬雪が見ているものに気づくと、耀仁が苦笑いを浮かべた。

「……天狐が憑いた記録がどこかにないか、祖父さんや叔祖父が見過ごした記録があるんじゃないかって気になって、記録を改めて読み直してたんだ」

ゆったりと髪を撫でてくれる手が心地よくて、うつむいて冬雪は身を任せる。

また謝られてしまいそうな気配を感じて、顔を上げた。

「あの、俺、もう大丈夫なので」

こちらを見た耀仁を見つめ返しながらはっきりと言う。

「先々、子供を授かって、産むまでの間、耳と尻尾付きで暮らす覚悟はもうできました。耀仁さんも、本家の皆さんも助けてくださいますし、レシピ本の次回作は、引っ越し後は状況に合わせてゆっくり進めていいって言われているんです。外に出なくてもなんの問題もなく生きていけるし、仕事だってやろうと思えばこれまで通りできます。出たくなったら、ここの庭は広いからいくらでも散歩できますし……それってむしろ、すごく幸運な状況じゃないかと思って」

彼がかすかに目を瞠る。

「そもそも、子供が欲しいってお願いしたのは、俺のほうです。だから、耀仁さんは全然悪くないですし、もう謝らないでください」

冬雪が考えていたことを言いきると、彼が少ししてはー……っと息を吐いた。

「……ありがとう。雪くんは、本当に頼もしいね」

彼が安堵したように頬を緩ませる。罪悪感を覚えていたのだろう、少しは彼の気持ちが楽になったのならよかったと冬雪もホッとした。

「でも、僕ができることは全部やるから、ストレスを溜めないようにしてほしい」

うんうんと頷く。それから、必要なものは宅配スーパーで週に何度か頼めることと、スーパーや通販で買えないものは、メールで一覧表を本家に送ればすぐに使用人たちが買ってきてくれると伝えられた。

いくつか説明してから、ふいに彼が難しい顔になった。

「……あと、もう一つ言っておかなければならないことがあるんだけど」

「なんでしょう？」

冬雪は姿勢を正す。

彼が当主たちから改めて詳しく聞いたところによると、白狐を憑けての妊娠は、その期間も特殊で、三か月から半年ほどで元気な子が生まれるらしい。それが、『子を腹に孕む喜びを一部、分け前として捧げる』ということのようだ。

そう言ってから、耀仁が一度言葉を切る。一瞬躊躇ってから、目を覗き込んできた。

「……冬雪くんは、子供を授かることについて、『先々』って言ってたよね。でも、聞いた話の感じだと、白狐を憑けての交わりは、かなりすぐに孕むらしい」

「え」

冬雪は目を瞬かせた。

「雪くんが気を失っている間に、口伝の内容をすべて教えてもらったんだ。『白狐様を降ろし、数日閨にこもって交わりを続けたところ、ややこを授かった』という。数少ない他の例もそんな感じだった。つまり、おそらくは百発百中というか……普通の子作りと違って、何か月もかかったりということはないみたいだ」

だから、耳と尻尾にはそれほど長く悩まされることはないかもしれない、と言われる。

やっと彼の説明の内容を理解すると、じわじわと頬が熱くなってくる。

耀仁が修行三昧の日々だったことと、続けざまの結婚式と子授けの儀式で、ずっと落ち着かずにいたが、ようやくこれからのことを考えられる。

（そういえば、昨日って、初夜だったんだっけ……）

儀式のショックで自分が意識を失ったまま、それどころではなかったことを思い出す。

「あの……、昨日の夜は俺、寝ちゃってすみませんでした」

「それこそ、雪くんは何も悪くないよ。一族の医師に診てもらって、雪くんの体調に問題ないってわかるまで、僕も気が気じゃなかったから」

怒涛の出来事を思い返していると、耀仁が顔を近づけてきた。

項を引き寄せられて、唇を奪われる。

「ん……」

甘やかすみたいに軽く唇を吸ってから、彼はキスを解いた。

「……今日は、疲れてるよね」

「だ、大丈夫です、疲れてません！」

いろいろなことが起きたせいか、この期に及んで体調を気遣ってくれる彼に、冬雪は慌てて言う。

耀仁がかすかに目を細めた。

「続きは、明日の夜でも明後日でも、って、言おうと思ってたんだけど……あんまり雪くんが可愛いから、我慢できなくなった」

もう一度、そっと冬雪の唇を吸うと、彼が囁く。

「……今から初夜のやり直しをしてもいい？」

真っ赤になって、冬雪はこくこくと頷く。すぐに彼の腕が冬雪の背中と膝裏に回され、軽々と抱え上げられた。

見ると、ポメ吉たちは、いつの間にか部屋の隅に置いたハウスに三匹でぎゅうぎゅう詰めになって眠っている。どうやら、耀仁から『ハウス』と命じられる前に、妖力の増えた主人の意図を汲んだのだろう。お利口な犬たちだ。

三匹の行動に内心で感嘆していると、耀仁は居間を出て廊下を進んでいく。そのまま、突き当たりにある二人の寝室に入った。

「あれ……」と思わず冬雪は呟いた。

間接照明だけに照らされた室内は、十畳ほどの和室で、すでに二組の布団が敷かれている。

「さっき、雪くんが風呂に入っている間に敷いておいたんだ。疲れてたらすぐに寝かせてあげたいと思って」

恭しい手つきで冬雪を布団の上に下ろしながら、耀仁が言った。

いつもなら、彼の優しさが身に染みて嬉しくなるところだけれど、今は少し焦れったい気持ちになった。

結婚したのに、こんなに気遣ってくれるなんて。

「耀仁さんは、俺としたくなかったんですか……？」

思わず訊ねると、伸しかかってきた彼が動きを止める。

「したいに決まってるよ」

鼻をツンと優しくつつかれて、冬雪は肩を竦める。

「こっちに戻ってから、修行を死ぬほど頑張ったのも、君との子供を授かるためっていうか……白狐が憑いたあとの雪くんにどんなことが起こっても、僕が守れるようにしたいからだし。そもそも、俳優を辞めて陰陽師の修行を再開しようと思ったのだって、雪くんが二度と妖魔に取り憑かれないように、一生かけて守ってあげたいと思ったからだ」

「え……」

その理由は、初耳だった。

冬雪がぽかんとすると、彼は照れくさそうに笑った。

「僕は、芸能界を辞めてもなんの後悔もないくらい、雪くんのことが大事だから」

仰向けになった冬雪の顔の両側に手を突いて、彼が口付けてくる。

舌が入り込んできて、じっくりと咥内を舐め回される。舌を擦り合わせて吸い上げられ、びくびくと冬雪の体は震えた。

頭がぼうっとするほど何度も舌を吸われて、唾液まで啜られる。いつもとは違う彼の情熱に翻弄される。やっと唇を離すと、耀仁は冬雪の浴衣の合わせから手を差し込んで、胸元を探った。

首筋に熱い唇を這わせながら、彼が言う。

「どきどきしてる……可愛い、雪くん……」

浴衣の胸元を開けられて、顔を伏せてきた彼の唇に、乳首を優しく舐められる。

「あ……、んっ、あっ」

慌てて声を堪えようとしたけれど、もういっぽうの尖りをきゅっと摘まれて、また甘い喘ぎが零れてしまう。

「雪くん、胸を弄られるの好きだよね」

嬉しそうに囁かれ、泣きたいくらい恥ずかしくなった。

もどかしいくらいにやんわりした刺激の中で、たまに甘噛みをされると、痺れるような疼きが背筋を駆け上がる。気持ちがよくて、勝手に腰が動いてしまう。普段はあると意識しないほど小さな乳首なのに、耀仁に触れられると、性器を弄られたときと同じくらいの快感を与えられるのが不思議だった。

熱い舌でねろねろと舐め回され、散々喘がされてから、耀仁が顔を上げる。

「風呂上がりだからかな……雪くんの体、すごく熱いけど、もしかして熱がある？」

ふと心配そうに具合はどうかと訊かれる。

「熱は、ないです」

冬雪は急いで答えた。

「でも、念のため体温計を……」

「だ、大丈夫だから、やめないで」

離れていこうとする耀仁のシャツを掴む。ぎこちない動きで項に手を回すと、彼が目を瞠り、それから「ああ」と言って何やら頷いた。

「ひゃっ」

浴衣の中にもう一度手を差し込み、熱い手が肌をまさぐる。裾を捲られて、ハッとした。

「そっか。熱があったわけじゃなくて……雪くんもしたかったんだね」

やっと気づいたように言われて、羞恥のあまり冬雪は浴衣を引っ張ってそこを覆おうとした。

尻尾があるので、ジーンズどころか下着を穿くこともできず、浴衣の下は全裸だ。

しかも、耀仁にキスをされただけですっかり体は熱を持ち、ささやかな昂りも半勃ちになってしまっている。

「隠さないで」と言われて、手をどけられる。

「おっと」

耀仁が小さく笑うので見ると、冬雪の尻尾は勝手に動いて、前を覆い隠していた。

「器用な尻尾だけど、僕が見たいところを隠すなんていけない子だね」

笑みを含んだ声で言いながら、彼が冬雪の尻尾を掴んで優しくどける。

きつく命令されたわけではないのに、彼に歯向かうことはできず、尻尾はくったりと布団の上に伸びた。

先走りの蜜で濡れた昂りを、くちゅくちゅと音を立てて彼の手が巧みに弄る。

「んっ、んん、……あっ」

前をそっと握り込まれて、やんわりと扱かれる。

何もかも耀仁しか知らないけれど、彼の手が与えてくれる刺激は信じられないくらい気持ちがいい。裏筋を擦られて、くびれを辿られ、先端の孔を擦られる。

「声、我慢しないで……？　周りに家はないから、僕以外は誰も聞いてないよ」

興奮を滲ませた声音で囁かれて、冬雪は余計に声を抑えたくなる。

苦笑した彼が冬雪の膝に手をかけてそっと開かせる。

帯を解かれて浴衣の前をすべて開けられる。あちこちを撫で回しながら、彼の唇が冬雪の膝に触れる。その手が脚の間を撫で下ろしたとき、ふいに耀仁が動きを止めた。

「濡れてる……」

「えっ」

驚いたように呟いて、彼が冬雪の後孔を指で撫でてくる。指で辿られると、確かにそこが濡れていることに気づいて、冬雪も驚いた。

「ど、どうして……？」

「わからない。天狐を憑けて、孕める体になったっていう証拠なのかな……」

考え込むように言われながら、そっと指の先端を含まされる。挿れるよ、と囁かれて、ずぶずぶと奥まで指が押し込まれた。

いつもはきつくて、ジェルを使われて慣らしてもらう必要があるのに、蜜でしとどに濡れた冬雪の中は、彼の指をすんなり受け入れた。すぐに二本、三本と増やされた男のしっかりとした指を呑み込まされても、わずかの痛みもない。

「すごい、奥のほうまで濡れてる……」

感嘆するように言いながら、彼が急いた様子で指を蠢かす。

「あっ、ぅ、ぅ」

くちゅくちゅという淫らな音とともに、中のいいところをじっくりと指で擦られ、冬雪は息を詰めて喘いだ。中を確かめるように弄られると、勃ちきった前から腹にとろとろと蜜が垂れていくのがわかる。

恥ずかしさでいっぱいになり、せめて声だけでも抑えようと唇を噛む。「駄目だよ、切れちゃうから」と気遣うように言われて、そっと唇を開けさせられる。赤くなってる、と苦笑した彼に優しく口付けられた。

啌内を耀仁の舌で侵されながら、後孔の奥まで指で開かされる。口付けの合間に、彼の熱い息が肌にかかって冬雪はぞくぞくと身震いする。衣服越しの硬い昂りが腿の裏に擦りつけられ、耀仁が自分との行為で興奮していることがよくわかる。

その事実は、彼と何度体を繋いでも、冬雪の心をたまらないほど蕩けさせた。

「や、もう……、あきひと、さん」

執拗に中を指で開かれて、繰り返し出し入れされる。尻のほうまで蜜は溢れ、先走りで腹の上も濡れている。イきそうでイけない状況で焦らされて、冬雪は半泣きになった。

「つらいの？」

ぶるぶると首を横に振り、もう我慢できずに「はやく」とねだる。

彼の目が熱を帯び、挿れてほしい？と訊ねられ、こくこくと頷いた。

「僕も、もう挿れたいよ」

苦しげに言って、彼が忙しなくシャツを脱ぐ。ジーンズの前を開けて、性器を取り出す。あらわになっていく耀仁の肉体は、厳しい修行のせいでいっそう筋肉がついて引き締まっている。彼の美しい体に、冬雪はぼうっとなって見惚れた。

脚を持ち上げられて、扱くまでもなく昂りきった性器の先端を宛がわれる。

息吐いてね、と言われて、必死に息を吐いて体の力を抜くと、じわじわと硬いものを押し込まれた。

「ひゃう……ん、んっ」

待ちかねたものを与えられて、冬雪は恥ずかしい声が出そうになった。

ゆっくりと奥まで呑み込まされる動きは、いつになくスムーズだった。それが自分が零した蜜のせいかと思うと羞恥で体が焼けそうだ。

深く繋がってから、耀仁は身を倒して冬雪の唇を啄んだ。顔のあちこちに愛しげなキスを落とされて、痛くないかと気遣ってくれる彼の優しさに胸がいっぱいになる。

彼の胸が激しく上下していて、突きたいのを堪えているのが伝わってきた。

「うごいて」と冬雪がねだると、耀仁が息を詰める。

次の瞬間、ぎゅっと腰を掴まれて、荒々しく腰を突き入れられた。

「ひあっ！　ああっ、あ、んっ」

ぐちゅぐちゅと音を立てて長く張り詰めた性器で中を押し開かれ、激しく蹂躙される。

二度突かれただけで、頭の中が真っ白になり、冬雪の前からぴゅっと蜜が迸った。

身を強張らせて達すると、中にいる彼を反射的にぎゅうと締めつけてしまう。

顔を顰めて堪えたらしい耀仁が、荒い息をしつつぼやいた。

「ごめん、天狐が憑いたあとだし、無理をさせたくなかったのに……」

優しすぎる彼が愛しくてたまらなくなる。

「無理じゃや、ないです」

絶頂の衝撃でまだうまく力の入らない手を伸ばすと、彼が握り返してくれる。

「……もっと、して」と羞恥をこらえて囁くと、耀仁の頬が珍しく、じわっと真っ赤になった。

一回り大きな彼の体に伸しかかられて、いつになくじっくりと奥を突かれる。

「はぁ……っ、耀仁さ、ん……、ひゃ……っ、あ、んっ」

先ほどイったばかりの敏感な体は、どこを触られても気持ちがよくて、かすかな触れ合いにも快感を掬い上げてしまう。それなのに、彼は硬く滾った性器で中を押し開きながら、尖った小さな乳首を指で捏ね回してくる。

そこを捻るように刺激されると、甘い痛みにまた快感の波が押し寄せて、軽く達してしまう。

「耳、伏せちゃってる……可愛い」

「やっ……あっ、あっ」

ずくずくと奥を突きながら、彼が冬雪の頭の上の狐耳を撫で回す。軽くその耳を甘噛みされて、甘い刺激にびくびくと冬雪は震えた。これ以上酷いことをしないでと頼むように、その耳は無意識のうちにぺたりと伏せている。

「あんっ、あっ、あっ」

薄い腹の奥のほうまでを極太の彼のかたちに開かれ、入り口も限界まで広げられている。苦しいのに快感のほうが勝って、いつしか冬雪は逞しい背に腕を回してしがみついていた。

可愛い、愛してる、雪くんだけだ、と甘い言葉を吹き込まれながら、人間のほうの耳朶をしゃぶられる。

体を繋げながら、欲情と愛情を滲ませた熱っぽい目で見つめられて、深く求められていることを感じる。

これまで感じたことのないほどの多幸感が押し寄せて、冬雪は蕩けた目で彼を見上げた。

耀仁が汗に濡れた髪をかき上げ、ふいに動きを止めた。

「——雪くん、僕との間の子供、本当に欲しいの？」

今更なことを訊かれて、うん、と頷く。

僕との間の子供？と訊かれて、もう一度冬雪は頷いた。

すると、彼が嬉しそうに微笑み「僕も、雪くんに産んでもらいたいよ」と告げた。

「じゃあ……赤ちゃん作ろうか」

ホッとして冬雪が頬を緩めてまた頷くと、身を倒してきた彼がそっと口付けてくる。

もう結婚式も終えたし、性行為の真っ最中だというのに、なんだか誓いのキスのように思えて、冬雪は目を閉じた。

「ん……、ん……っ」

次第に口付けは深くなり、舌を搦め捕られて、息も継げないほど情熱的に咥内を貪られた。

キスを解かれて、ぼうっとしていると、身を起こした彼が冬雪の腰を抱え直す。

「ひっ、……ああっ、やっ、あっ」

先ほどまでとは角度を変えて、奥までずぶりと突き込まれる。

最奥を捏ねるような動きは、冬雪を感じさせようとするでもなく、孕ませようという意図を持っているると気づき、全身がかあっと熱くなる。

それを望んでいたはずなのに、なぜか怖くなって逃げたくなった。

「雪くん、愛してる、逃げないで」

荒々しく揺さぶりながら縋るように言われて、冬雪は涙の滲んだ目で彼を見上げた。ふいに彼の目が獰猛な色を帯びる。

「あう……っ、あ、あっ」

ひときわ奥までねじ込まれて、冬雪の体はびくびくと震えた。

ふいに動きを止めて、耀仁が小さく呻いた。奥に熱いものをたっぷりと注がれて、恍惚としたまま冬雪はぐったりと体の力を抜く。

その体を潰さないように、気遣いながら、耀仁が覆いかぶさってくる。

荒い息を吐く彼に抱き締められ、冬雪もその背を震える手で抱き返した。


それからの一週間は、あとから考えても自分はおかしかったと思う。

「……雪くん、いったいどうしちゃったの……？」

天狐のせいなのかな、と困り顔で笑う耀仁に、浴衣姿の冬雪は背後からしがみついていた。

抱き合った翌日、新居の台所で、彼は冬雪のために茶を淹れてくれようとしていただけだった。

同じ家の中にいるのに、彼と離れるのがなぜかつらいのだ。

自分自身の気持ちがわからない。抱きついたまま、冬雪が困惑気味にそう伝えると、なぜか耀仁は嬉しそうに笑った。

ゆっくりと身を反転させて、彼は冬雪を抱き締めてくれる。

「甘えてくれて嬉しいよ。もっと我慢せずに、言いたいこととかしたいこと、言ってほしいと思ってたから」

そう言われてホッとしたものの、彼にくっついていると体がむずむずして仕方ない。

だが、さすがに昨夜三回もしたのに、翌日の真っ昼間からしてほしいなどとは頼めない。

潤んだ目で見つめると、耀仁が急に動きを止めた。

「そんな可愛い目で見られたら……なんだか、尻尾も僕に絡みついてるし、誘われているような気がするんだけど」と彼が苦笑する。

冬雪の頭の上の狐耳は、興奮のあまりぺったりと伏せ、尻尾は離れないでというように彼の腿に巻きついている。

「すみません、なんだか、俺……さっきからまた体が熱くなっちゃって、どうしたらいいんでしょう……」

恥を忍んで、冬雪は正直に打ち明ける。すると、真顔になった耀仁が、「いいよ、そういうことは早く言って」と言うなり冬雪を抱き上げて、すぐに寝室に連れていってくれた。

——天狐が憑いているせいなのだろうか。

とにかく欲しくてたまらない自分に冬雪は困惑していた。心は戸惑っているのに、体は太くて熱い彼のものを奥まで挿れられて、中にたくさん注いでもらいたい、という衝動が収まらない。

それでも、耀仁は少しも嫌がらず、冬雪が欲しがるだけ付き合ってくれた。

気を失うまで抱かれ、また目覚めると、してほしくてしょうがない。

しかも、離れると不安で、家中どこに行くにも彼のあとをついて回った。並んだポメ吉たちも首を傾げて不可解な冬雪の行動を見つめている。

「大丈夫、どこにも行かないよ」と耀仁からは困り顔で言われたけれど、不安で仕方ない。

抱き締められて、彼と繋がっているときだけが安心できた。

自分のおかしさは自覚していて、愛想を尽かさずにいてくれる耀仁には申し訳なさでいっぱいだった。

だが、耀仁は「僕は全然構わないし、こんなに雪くんに求められて、むしろ喜んでるぐらいだ」と微笑んでくれた。

「天狐が離れたら、きっと普段通りの雪くんに戻っちゃうんだろうね……でも、覚えててね、どんな雪くんも愛してるけど、たまにはまた、こんなふうに正直に欲しがってくれたら嬉しいよ。性的なことだけじゃなくて、どんなことに関してもね」

彼に抱き寄せられながら、優しい伴侶に安堵する。

いつか天狐が離れても、この言葉を覚えていようと冬雪は心に誓った。


——そうして、天狐が憑いてから一週間、冬雪は毎朝毎夜、耀仁と交わり続けた。

半月後のとある朝、冬雪は微熱を出して体調不良を覚え、慌てた耀仁がすぐさま一族の医師を呼んだ。診察の結果、子を身ごもっていると告げられて、二人ともが驚いた。

当主の命により、冬雪は極力安静にしているよう言い渡された。あまりにも早い跡継ぎの誕生予定に本家が大騒ぎになったことも、耀仁の希望で冬雪には伏せられていた。

日が経つごとに、冬雪の薄い腹はわずかながら膨らんでいった。

通常の妊娠とは異なることは覚悟していたけれど、自分は男だし、それなりに体力もあるほうだ。だからすべてなんとかなる気がしていたけれど、予告されていた通り、体の負担は想像以上に大きかった。

「ああ、雪くんは無理しないで、横になっていていいんだよ」

今日も、よろよろと寝室から出ようとすると、ポメ吉たちがアンアンと鳴いて耀仁を呼ぶ。台所にいた耀仁が慌ててやってきて、急いで居間のソファに寝かせてくれた。

役立たずになってしまった自分が、冬雪はつらくてたまらなかった。

炊事洗濯はおろか、掃除すらできない。子ができたとわかってから、まだ半月ほどで、腹もそれほど大きくなっていないのに、全身が重い。ぐったりとするばかりでレシピ本の案作りどころではなく、自分の身の回りのこと一つすら満足にできない。

その上、精神的にも情緒不安定になったのは最悪だった。ずっと我慢強いほうだと思ってきたのに、泣くつもりはないのに突然涙が出たり、不安はないにもかかわらず、絶望的な気持ちになって落ち込んだりもして、耀仁を心配させている。

異様な冬雪の状況を懸念し、耀仁は祖父の許可のもと、いったん修行を中止することになった。それからというもの、ずっとそばで付き添って、すべての世話を請け合ってくれている。

使用人たちに食事作りと買い出しは頼んでいるけれど、自らのことは完全に後回しだ。耀仁の髭は伸びて服装も構わず、冬雪から離れず甲斐甲斐しく世話をしているのだ。

それだけではなく、『雪くんばかりにつらい思いをさせて、ごめんね』と毎日労りの言葉をくれる。身を起こせない冬雪の体を蒸しタオルで拭いて汗を綺麗に拭ってくれたり、具合のいい日は風呂の介助をして、ふさふさの耳と尻尾も風邪をひかないように丁寧に乾かし、抱き上げて布団まで運んでくれるのだ。ポメ吉たちも日中はいつも冬雪のそばにいて、顔を覗き込んだり手を舐めたりと、元気づけるような行動をしてくる。冬雪に元気がある日はポメ吉たちも大喜びで、つらい日は一緒にしょんぼりしている。式神たちの様子に、耀仁が本心から、役立たずの冬雪を少しも疎んじていないということが伝わってくる。

なんていい人なのだろうと、冬雪は改めて彼に深い愛情を感じた。

運はないと思い込んできたけれど、耀仁と結婚しただけでも、宝くじが当たるよりすごい確率の幸運だった。

他にも、子を孕んで身動きがとれなくなってから、気づいたことがあった。

これまで、冬雪は大病をしたことがなかった。熱を出しても翌日には平熱に戻り、風邪をひいたり、体調不良になることもめったにない。特に頑強な体でもないが、これが普通だと思ってきた。

(でも、普通じゃなかった……すごく、すごく恵まれてたんだ……)

自分は、極めて健康な体を授かって生まれてきた。

貧乏暮らしや落ち着かないネットカフェでの流浪生活もそれほど苦にはならなかったのは、

根性があったからだけではない。両親からもらった元気な体のおかげだったのだとしみじみとわかった。

妊娠期間のあまりの大変さに、冬雪は時折、顔も覚えていない両親のことを思った。

黒いもやもやに憑かれ、不幸を呼ぶ赤ん坊だった自分を育てられなかったのは仕方ない。それでも、せめてたまに会いに来てほしい、一度でいいから手紙くらいはくれてもいいのではと、寂しく思うことはあった。

両親を恨むとまではいかないまでも、疑問はずっと抱えてきた——自分はなんのために生まれてきたんだろうと。

けれど、両親は冬雪を道端に捨てることも、始末して葬ることもしなかった。育てられないと正直に申告して、養護施設に預けてくれた。

そのおかげで、冬雪はどうにか大人になるまで生き延び、そして——耀仁と出会うことができた。今は、趣味の料理を仕事にして、たくさんの人に喜ばれ、愛する人との間に子供が欲しいと思えるほど、平和で幸せな暮らしを送っている。

両親は今、どこにいるのだろう。どうしているか、生きているのかもわからないけれど、ともかく、穏やかに暮らしていてくれたらいい。

妊娠期間も半ばを過ぎたある夜、今日もすべての世話をして、添い寝までしてくれる耀仁を見つめて、冬雪は言った。

「最近、毎日、生まれてきてよかったなと思うんです」

突然の話に、彼は一瞬かすかに目を瞠る。

それから耀仁はふっと微笑んで「偶然だね、僕もだよ」と言った。

「雪くんと結婚して、おなかに子供ができてから、両親とか、祖父さんに対しても、いろんなわだかまりとか恨みとかが消えた気がする。きっと、今の暮らしが幸せだからだね」

そう言って、耀仁は冬雪の手を握り、もういっぽうの手でそっと宝物を撫でるように腹に触れた。

彼の人生をすっかり変えてしまった上、こんなに迷惑をかけているのに、耀仁は冬雪といて幸せだと言って、微笑んでくれる。

冬雪は初めて、自分を生んでくれた両親に感謝の思いが湧いた。

＊

目を開けると、何かが顔の目の前にいるのに気づく。

間近からこちらをじっと覗き込んでいるのは、まだ小さな子供だった。

二歳か三歳くらいだろうか、薄い飴色の目がくりっとしてとても愛らしい子だ。どうやらこの子は、仰向けに寝ている自分の布団の上に乗っかっているようだ。

背後に見える室内の様子から、ここは耀仁が建てた二人の家の寝室だとわかる。

目覚めたばかりのせいか、頭がぼんやりしている。この子の親はどこだろう、と思ったときだった。

「おかーたま！」

子供が舌足らずな声で嬉しそうに言った――なぜか、冬雪を見つめながら。

まさか、と思った。だが、違うよと言うのは可哀想な気がして、躊躇いながら冬雪はその子を撫でようとした。

しかし、なぜか奇妙なくらい腕が強張っていて、うまく動かせない。どうにか無理に持ち上げた手で、ぎくしゃくと子供の頭を撫でた。

ふいに、さらさらした茶色の髪に包まれた頭の上に、ぴょっこりと二つの白い獣耳が生えていることに気づく。

天狐を憑けていたとき、冬雪の耳の上にあったのとよく似たものだ。

「あっ、おたーちゃま！」

どこかからまた別の舌足らずな声が聞こえ、いきなりどんと衝撃が走った。

冬雪が寝ている布団の上に、また別の子供が飛び乗ってきたのだ。

見れば、最初に見た子とそっくりだ。その子の頭にも、狐の耳がついている。

そばには、大喜びで尻尾を振るポメ吉とポメ次郎がいる。

二匹は耀仁の式神だ。

「ぽめきち、ぽめじろ、おしゅわり！」

ぐるぐると布団の周りを走り回る二匹の犬に、布団に乗った子供が命じる。二匹のポメラニアンはぴたりと動くのをやめて、並んでお座りをした。

「おとーちゃま、おたーちゃまがおめざめになりまちた！」

その子が大声で言うと、すぐにどこかから足音がした。

「――雪くん!?」

慌てて駆けつけてきたのは、耀仁だった。そのあとを短い足をちょこまか動かしながら、必死な様子のポメ之介が追ってくる。

耀仁は、抱っこ紐で前側に子供を抱えている。おしゃぶりを口に咥えたその子の頭には、やはり獣耳が見える。

目を丸くしていると、彼が冬雪の手を取った。

ぎゅっと手を握られ、頬や顔を確かめるように何度も撫でられる。

「ああ……よかった、神様……！」

呻くように言って、信じられないものを見つめる目で冬雪を見る。

「耀仁さん……、この子たち……」

ともかく体がずっしりと重くて、うまく動かない。

ポメ吉が分裂したままなのはわかる。

だが、なぜ三人も子供がいるのだろう。それに、顔は耀仁の子供の頃によく似ているが、自分たちの子だとしたら大きすぎる。

まさか、出産から二、三年経っているわけはないと思うけど……、と内心で混乱した。

訊きたいことが山ほどある。

彼は身を倒して冬雪の額に口付ける。

「説明はあとでするよ。ともかく、すぐに医師を呼ぶから」

潤んだ目元を拭くと、耀仁はそばに置いてあったベルを鳴らした。

耀仁に支えられて身を起こし、冬雪はすぐに駆けつけてくれた医師に診てもらった。

子に栄養を取られたことで衰弱していたが、貧血症状があるもののそれ以外の健康状態は問題ないそうだ。

これからは、口から水分や栄養を取れるようになればじょじょに回復するだろうと言われた。

意識がない間、毎日医師の診察を受けながら、川見と一族の看護師が交代でつき、一日に数回点滴をしてくれたらしい。更には耀仁が口付けで気を注ぐことで、冬雪の体が弱らないように努めてくれたそうだ。

この衰弱具合を考えると、彼らの手厚い看護がなかったら、おそらく自分はもうこの世にはいなかっただろう。

耀仁がクッションを背もたれにしてくれて、冬雪は布団に身を起こす。

「何か食べられそう？　果物とか、スープとか」

正直なところ空腹は感じなかったが、ともかく食べないことには回復できない。申し訳なく思いながら果物を頼む。

使用人が桃と梨のゼリー状のものを温めてきてくれて、耀仁が手ずからスプーンを口に運んで食べさせてくれる。

自分で食べられますと言いたかったが、まだ体力がなくて、満足に器を持っていることすらできないのが情けなかった。

少しずつ食べて、どうにか皿を空にすると、耀仁は安堵した顔になった。

水分と糖分を取ったおかげか、だんだん意識がはっきりしてくる。

「……すみません、俺、こんなに長く目覚めないなんて」

冬雪は、改めてそばにいる耀仁を見た。彼は伸びた髪を後ろで無造作に結んでいて、美しい顔には疲労の影が見える。

出産時に意識を失った冬雪は、目を覚ましてから、耀仁の変化に驚いた。

おそるおそる訊ねると、信じ難いことに、なんと子を産んだ日から一か月近くも経ったという事実を告げられた。

彼が憔悴しているのもわかる。腹に子がいるときから、ずっと冬雪につきっきりだったのだ。しかも、出産後も冬雪は目覚めないままで、彼にどれだけの心労と負担をかけたことだろう。

「謝るのは、僕のほうこそだよ」

なぜか耀仁は悄然として言う。

「子を作るのは、雪くんに負担があるとはわかっていたけど、まさかここまでとは思っていなかった。苦しい思いをさせてごめん、考えが甘かった。僕の過ちだ」

苦い顔の耀仁によると、子が生まれる兆候が表れたとき、冬雪は痙攣して、様子がおかしくなった。

体の負担が大きすぎるとわかり、祖父や医師と相談の上、出産時には術を使って冬雪の意識をなくすことにした。

誰にとっても予想外だったのは、冬雪の腹に宿った子供が、なんと三人だったことだ。天狐を憑かせた短期間の妊娠で、医師が想定していたよりもずっと多くの気を三つ子に奪われたせいで、冬雪は急激に衰弱した。

赤ん坊たちは無事に生まれたものの、憑いていた天狐も同時に離れた冬雪は、一時危険な状態に陥った。一族の医師が手を尽くし、耀仁が限界まで気を注いで、どうにか命を繋ぎ留めてくれたそうだ。

「お、俺、耀仁さんにも、皆さんにも、大変なご迷惑を……」

「迷惑なんかじゃないよ。うちの者たちも皆、冬雪くんが目覚めるように朝から晩まで祈ってた……雪くんが目覚めてくれて、本当によかった」

しみじみと噛み締めるように耀仁は言う。

「それから……さっきの子供たちだけど」

冬雪が、目覚めてからもっとも気になっていたことだ。

耀仁はゆっくりと、柔らかい口調で言った。

「驚かないでほしいんだけど、あの三つ子は、僕たちの子供だ」

やはり、と思ったが、時間が合わない。

「で、でも、俺の意識がなかったのは、一か月くらいなんですよね？」

「そうだよ。子を産む際に君に憑いた天狐は、生まれるときに赤ん坊たちの体に移った。その影響なのか、信じがたい早さで成長しているんだ。祖父さんたちもそこまでは知らないようだったから、僕も驚いたよ」

耀仁によると、耳と尻尾の生えた三つ子たちは、毎日どんどん大きくなり、一週間経つとハイハイを始め、何やら話すようになったのだという。

あっという間に歩くようになったかと思えば、おむつが取れ、離乳食が食べられるようになった。世話をする川見や乳母の言葉を真似て、上の二人が耀仁を「おとーたま」、冬雪を「おかーたま」と呼ぶようになったのは、ほんの数日前のことらしい。

一族の医師の見立てでは、体の成長はすでに二歳程度らしい。言葉や思考は、三、四歳程度ではないかということだそうだ。

――三つ子。しかも、産んで間もないはずが、びっくりするほど成長している。

「じゃあ、このまま、あっという間に大人になっちゃうんですか……？」

冬雪が呆然として訊くと「いや、大丈夫。もう少ししたら善き日を占って、天狐にお帰りいただくための祈祷をしてもらうから」と耀仁が言う。

一か月で二年分成長してしまったけれど、祈祷のあとは、ごく普通の子供と同じ成長速度に戻るはずだという。

天狐が離れれば獣耳と尻尾も消えると聞いて、冬雪はホッとした。


ひんやりと乾燥した空気の中、縁側には暖かい日が差し始めた。

――目覚めてから、今日で二週間。冬雪の体調は順調に回復している。

天狐が憑いた三つ子は、この間で更に成長した。今の見た目は、だいたい三歳くらいだろうか。

子供たちはやっと目覚めた母親を恋しがり、会えるとはしゃいで遊びに誘ってくる。冬雪も相手をしたいのだが、まだ無理は禁物と言い渡され、面会は一日のうち、午前中に一時間と午後に一時間までと医師に止められている。

今はその午後の貴重なひとときだ。冬雪は遊ぶ三つ子を見守りながら、子供たちの様子を目に焼きつけるようにして目で追っていた。

「うきくん！」

お気に入りのぬいぐるみを手に縁側をうろうろしていた末っ子の星哉《せいや》が、手を伸ばしながらそばに寄ってきた。

「どうしたの、星《せい》？　抱っこかな」

縁側に腰かけて子供たちを見守っていた冬雪は、末っ子を抱き上げる。膝の上に納まると、安心したみたいに抱きついてくる星哉に頬を緩めた。

星哉のあとをついて歩いていたポメ吉は、やれやれというように冬雪のそばでころんと横になった。あとでブラッシングをしてやらねばと思いながら、冬雪は腕の中にいる耀仁そっくりの子供を見つめた。

上の二人は冬雪を『おかーたま』『おたーちゃま』と呼ぶが、星哉だけは、『うきくん』と呼ぶ。どうやら、耀仁が『雪くん』と呼ぶのを真似ているようだ。

耀仁がママかお母様と呼ぶように教えたようだが、すでに刷り込まれてしまったようで、呼び名は変わらない。星哉は他の二人より成長が遅いし、もう少し大きくなれば自然と理解するだろう。

活発な上の二人に比べて、星哉は甘えん坊で、抱っこが大好きだ。冬雪が目覚めるまでも、耀仁は一日の半分くらい抱っこをせがまれていたらしく『いいトレーニングになったよ』と苦笑していた。

ふと見ると、星哉が指をしゃぶっている。ポケットからおしゃぶりを出して咥えさせると、吸いながらうとうとし始めた。どうやら眠くなったから膝に乗りたかったようだ。

「あっ、煌《こう》、ちゃんと前を見てね」

冬雪はよそ見をしながら庭を走り回る長男にどきっとして、とっさに声をかける。

煌希《こうき》は「おかーたま、だいじょうぶです！」と言いながらこちらに戻ってきかけたが、その途中で陽汰《ようた》を追いかけ始めて、また遊びに戻ってしまう。

苦笑しつつ見守っていると、耳と尻尾の生えた上の二人は、時折四つ足になりながらも危なげなく走っている。

冬雪が目覚めない間、日常生活を送る上で必要だったからだろう、三つ子には暫定的な名前がつけられていた。

長男が煌希、次男が陽汰、そしてこの三男が星哉だ。普段は煌、陽《よう》、星、と呼んでいる。

一条院家の男子には、代々、「光」に関わる名前をつけるしきたりがあるそうだ。そう言われてみると、耀仁も光延も煌良もそうだ。三善の下の名前は『正輝』だという。

そこには、魔に関わる家業柄、せめて名前に光を与えて打ち勝つ力を授けようという思いが込められているらしい。光延を含めた本家の陰陽師たちも、三つ子に加護があるようにと知恵を絞っていい名前を選んでくれたという。

『仮の名前のつもりだから、冬雪くんにつけたい名前があったらそっちにしよう』と耀仁は言ってくれたけれど、どれもいい名前だし、自分がつけるよりセンスがいいと思う。

「雪くん。少し冷えるから、これも着て」

耀仁の声に冬雪は振り向いた。茶を淹れてきてくれた彼が、そばに盆を置く。

パジャマの上にカーディガンを着ていたが、その上から更に半纏を着せられる。もこもこになってしまったものの、軽くて柔らかい半纏を着ると、自分が冷えていたことに気づいた。

「ありがとうございます、あったかいです」

「あ、星は僕が抱っこするよ」

そう言うと、隣に腰を下ろした耀仁は冬雪が抱いている星哉をそっと抱え上げる。すやすや眠っている星哉は、目を覚まさないまま、すんなり耀仁の膝に納まった。

相変わらずの耀仁の美貌には、穏やかな笑みが浮かんでいる。

冬雪が目覚めてすぐのときはげっそりとやつれていたが、だいぶ顔色もよくなり、肉づきもほぼ元に戻ってきた。

三つ子は冬雪の意識がない間、主に耀仁の手で育った。冬雪の様子も見るには手が回らないので、使用人たちの手もたくさん借りたというが、耀仁は三つ子の世話はなんでもできる。三人とも、優しいパパのことが大好きだ。

上の二人は、広い日本庭園をゴムまりのように跳ねながら遊んで、いかにも楽しそうだ。そのあとを追うポメ次郎とポメ之介は、子供たちが危ないことをしようとすると、ぽんと大型犬に変身して服を噛んで引っ張ったり、手に負えないときは吠えて冬雪たちに知らせてくれる。なんとも優秀なありがたいベビーシッター役を務めてくれている。

耀仁と並んだ冬雪は、平和なその光景を目を細めつつ眺めた。

先ほど訪れた医師に診てもらったところ、明日からは、半日まで子供の相手をしても構わないと言われて嬉しくなった。

そのうち耀仁も陰陽師としての任務が増えてくるはずだ。困ればいつでも本家の人々が手助けしてくれるという恵まれた環境だけれど、甘えてばかりではいられない。

それまでに体力を取り戻して、冬雪自身が主体的に子供たちの世話ができるようにならねばと決意している。

「来月からは、俺ももっと頑張りますから」

「いや、頑張らなくていいんだ。完全に体調が戻るまで、無理しないのが雪くんの仕事だよ」

眉を顰めて言われ、はい、と冬雪は身を縮める。これまでも何度か家事をしようとして倒れそうになり、耀仁に心配をかけた。まだ無理は禁物だとわかっているのに、つい一日中働きづめだったときの感覚で動こうとしてしまう。

三つ子は信じられないくらい可愛いけれど、まだこれからの暮らしには現実味がない。

来月には、天狐に子供たちから離れてお帰りいただくための祈祷をしてもらう。そうしたら、今二歳ほどの見た目の子供たちが問題なく暮らしていけるよう、出生届を操作する手はずになっている。

耀仁と冬雪という、本来子を授かることのない同性同士の間に生まれた子供たちは、異常な速さで成長を遂げてしまった。冬雪たちは正式な夫婦だけれど、三つ子を世の中に出すときには、出生届や母親についてなど、様々に裏から手を回して書類上齟齬がないように改変しておく必要がある。

今後のことを心配する冬雪に、耀仁は「大丈夫、心配はいらないよ」と説明してくれた。

大きな声では言えないけれど、一条院家は古くから妖魔を祓い、特別な祈祷を依頼されてきた関係で、政財界に太いパイプがあるらしい。議会や役所のトップなど、あちこちの頭に一族の者がついているため、本家の跡継ぎのために手続きを操作してもらうことなどわけはないらしい。

「一条院家の陰陽師の血が絶えたら、いざというときに助けてもらえなくなって困る人たちが大勢いるんだ。だから、うちが頼み込むまでもなく、我先にと進んで力になってくれる」

一族には密かに手を貸してくれる協力者が大勢いる。これも、代々の陰陽師たちが彼らから呪いや病を退けて助けてきたおかげだという。

三つ子の戸籍ができれば、幼稚園や保育園への入園や、その先のことも考えられる。ありがたいことだと冬雪は一条院家のご先祖様に深く感謝した。

「あの子たち、寒くないんでしょうか？」

上着も着ずに跳び回っている上の二人を目で追いながら、冬雪は気になって訊ねた。

「ああ、大丈夫だよ。天狐が憑いているせいか、どうもあんまり寒さも感じないみたいなんだよね。問題は天狐が離れてからだよ」

天狐が憑いている間、憑坐《よりまし》の体はあらゆる病や災いから守られているという。冬雪が予想外の三つ子の出産でぎりぎり命を落とさなかったのも、天狐の強力な守護を得ていたおかげだったらしい。

「今の万能な感覚のままでいると、風邪をひいたり怪我もしやすいだろう。天狐が離れる前に、改めてよく言って聞かせなきゃね」

庭で遊ぶ二人と二匹を目で追っていた耀仁が、そう言いながらこちらを見る。

「そうですね……星は大人しいから大丈夫かもしれませんが、煌と陽にはしっかり言っておかないと危ないかも」

顔を見合わせて笑っていると、ちょうど上の二人がぽてぽてとこちらに駆け寄ってきた。さすがに遊び疲れたようで、どちらも獣耳を伏せている。

「おかーたま、のどがかわきました！」

「ぼくも！」

冬雪の膝にぎゅっとしがみついて煌希が要求すると、追いついて隣に並んだ陽汰もせがむ。

「ちょっと待っててね」

驚くことに、二人はすでにカップから自分で飲み物を飲むことができる。冬雪はキッチンから水を持ってきて、零さないようにカップを支えながら煌希に飲ませた。その間に、抱っこした星哉を起こさないように手を伸ばした耀仁が、陽汰にも与えてくれた。

小さな二人の足元には、お守りをしてくれたポメ次郎とポメ之介が『つかれました』と言うみたいに悄然とお座りしている。

んくんくと音を立てて水を飲み終えると、煌希は、ぷはー、と息を吐く。それから、「あっ、ぽめじろとぽめすけにも、おみず！」と言って、靴のまま縁側に上がろうとする。

「煌、ちょっと待って。お靴を脱いで」

冬雪が慌てて靴を脱がせていると、耀仁が「陽はお口を拭いてからだよ」と今にも煌希を追いかけていきそうな陽汰をたしなめ、びしょびしょになった口元をタオルで拭いている。

二人が犬たちのための水を汲みにぱたぱたとキッチンに走っていくと、その音で、星哉が目を覚ました。おしゃぶりを外した星哉が、「おみず……」と呟くと、「アンアンッ！」とポメ吉が同意するような声を上げた。

あまりの慌ただしさに、思わず冬雪は耀仁と笑い合う。

三つ子のいる暮らしは、想像以上ににぎやかだ。

星哉に水を飲ませてくれる耀仁を眺めていると、水を持って戻ってくる二人の声が聞こえてくる。冬雪は幸せな気持ちに包まれた。


夜が更ける前、いつものように家事を終えた川見が帰っていった。

これまでは、常駐で夜勤担当のベビーシッターが一人、別室に控えていてくれたが、冬雪がだいぶ回復したので、今日から夜は家族五人だけだ。

「参ったな、こいつら寝ちゃったよ」

風呂を済ませた冬雪が寝室に行くと、耀仁は困り顔だった。

寝室には二組の布団が敷かれ、壁際には二つ合体させたベビーベッドが置かれている。

昼間散々遊んだ三つ子は、風呂に入れてもらい、夕食でおなかいっぱいになったからだろう。今日は、ベビーベッドに入る前に、冬雪たちの布団ですやすやと眠ってしまったらしい。

彼のそばに行って、熟睡している子供たちを見ると、冬雪も微笑んだ。

「今日はこのままでもいいですか？」

よく寝ているところを動かすのも可哀想だからと頼み、今夜は皆で一緒に眠ることにした。

当初は起き上がることすら困難だった冬雪は、子供たちと同じ部屋で眠れるようになってまだ数日だ。ぴったりくっついて眠る三つ子を間に挟んで、冬雪たちも横になった。

「実は、祈祷の依頼が溜まってるみたいなんだ。春先は殺到するんだよね。叔祖父に少し手伝ってほしいと言われたから、明日は少しだけ本家に行ってくるよ」

照明を落として薄暗くなった部屋の中で、声を潜めて耀仁が言う。わかりました、と冬雪は頷いた。

本家の人手不足は深刻らしく、まだ正式な陰陽師ではない耀仁も、すでに内々で祈祷の一部を請け負うようになっている。

陰陽師になるためには、本来は三年から五年は修行をする必要がある――はずだった。耀仁は過去に祖父と揉めて、その修行を途中でやめている。改めて修行し直すとはいえ、素質に恵まれた彼なら、もう一年も頑張れば十分なのではないか、と叔祖父の煌良は言っていたそうだ。

だが、驚きなことが起きた。

結婚前の三か月ほど、耀仁は集中的に修行に励んでいた。その後、冬雪の命を繋ぎ留めるため、子供たちの世話と、冬雪に付き添う以外のあらゆる時間を祈祷に注いだ耀仁は、急激に力を増していた。

光延たちも驚いていたそうだが、耀仁は生まれながらにして妖力に恵まれていた。そんな彼が寝食を忘れて一心に祈祷に打ち込んだおかげか、今ではその気は限界まで研ぎ澄まされ、すでに一族の陰陽師たちと比べても遜色ないほどになっているという。

しかも耀仁は、京都に戻ってからの修行の間に、すべて読むよう科せられている代々の陰陽師たちが書き残してきた本家の保管庫の書物も、すでに読み尽くしていた。更には読んだだけでなく、驚異の記憶力できっちりとすべて頭に入っている。

本家の重鎮たちの間で話し合いが行われ、耀仁は再来月、本来なら修行の最後に行う試験を受けさせてもらえることになった。

――つまり彼は、どんなに早くともあと一年はかかるはずの修行を飛び越えて、正式な陰陽師として認められるかもしれない。

さすが、何事にも器用で頭がいい上に、地道な努力家でもある耀仁だと、冬雪は感嘆するばかりだった。

「祖父さんがこいつらを連れてこいってうるさいから、明日は一緒に行こうかと思うんだけどいいかな？」

「ええ、お祖父さんにお会いできたら、この子たちもきっと喜びます」

三つ子は曽祖父に当たる光延を『じーたま』と呼び、すっかり懐いている。光延のほうもひ孫たちに会いたいようで、たびたび耀仁はＷｅｂ電話を繋げて三つ子の顔を見せているようだ。

「帰ってきたらまた暴れ回ると思うから、雪くんは留守の間だけでもゆっくりしてて」

はい、と言って冬雪は微笑んだ。

驚きの出来事は他にもあった。意外なことに、あの厳格な光延は小さなひ孫に今やメロメロになっているのだ。

三つ子に会いに来たときは、目尻を下げて、せがまれるがまま抱っこでもおんぶでもしてやっているのに冬雪は目を疑った。息子や孫の耀仁には当然のように厳しい躾をしてきたが、年を取って考えが変わったのかもしれない。

それもあってか、少し前に光延は、耀仁への厳しい育て方を改めて謝罪してきたそうだ。

彼の母は、夫と耀仁の二人を連れて国に戻りたがっていた。だが、息子も孫も、ぜったいに連れていかせるわけにはいかなかった光延は、やむを得ず息子に離婚を強要して、嫁を追い出した。

そんな光延は生まれたひ孫たちを見て、今更ながら母と引き離したときの耀仁の幼さを思い出したらしい。悔いが生まれ、家業の存続よりも、三つ子の意思を優先させることを改めて誓ってくれたという。

耀仁も、光延が力を尽くして祈祷し、二度も冬雪の命を助けてくれたことに感謝の気持ちを伝えたらしい。

彼らの関係はこれまでで一番穏やかで、いい方向に進んでいるように思える。

三つ子の誕生で、また揉め事になることを恐れていたけれど、逆に、光延と耀仁の関係を和らげるものになるなんて、嬉しい誤算だった。

「……なんだか、まだ夢を見ているみたいな顔をしてるよ」

手を伸ばしてきた耀仁が、そっと冬雪の頬に触れてくる。冬雪は笑って「だって、なんだか夢みたいで」と答えた。

「まあ、そうだよね。実際に目の当たりにした僕ですら、君の体から光が飛び出してきて、三人も生まれたときは目を疑ったくらいだし。しかも、まさかもうしゃべるようになっているなんてね」

彼は口の端を上げて軽く肩を竦める。

そうしながらも、子供たちを見つめる目は、この上なく優しい。

――先ほど、家事を手伝いに来てくれた川見が、目を潤ませながらこっそり教えてくれた。

『冬雪さん、一時は本当に危なくて。耀仁さんが皆に頭を下げて、本家の陰陽師を全員呼び集めて、交代で祈祷を続けていたんですよ。あんなことは初めてです』

出産後、どうやら自分は本当に死にかけたらしい。

気を注ぐことで一時的に命を繋ぐことはできても、疲弊している肉体自体を完全に治癒できるわけではない。耀仁ができる限りの気を注いでも冬雪は回復せず、日が経っても目を覚まさなかった。危機感を覚えた耀仁は祖父たちに頼み、冬雪のために特別な祈祷を施してもらった。

冬雪の魂を現世に繋ぎ留め、三途の川を渡らせないように守護をかけたのだ。

光延を含めた陰陽師たちが、額に触れて冬雪に気を分けている間は、耀仁自身も祈祷に加わった。周囲の人々が休めと声をかけても聞かず、鬼気迫る勢いで一心不乱に祈っていたそうだ。

自分の願いのために、どれだけの心労を彼にかけたことだろう。

冬雪の希望を叶えてくれた耀仁は、一度も冬雪を責めることはない。むしろ、大変な思いをさせたと労ってくれさえする。

なぜこんなに素晴らしい人が、自分を愛してくれるのだろうと、いまだに不思議でしかない。

「俺……」

「うん？」

またこちらを向いた耀仁に、冬雪は胸に湧いた気持ちを伝えた。

「子供たちの世話をする耀仁さんを見ていたら……もっと、あなたのことが好きになりました」

照れながら冬雪が伝えると、耀仁が目を丸くした。

あっという間に成長した三つ子は、普通の子供よりもずっと手がかからない。けれど、今は天狐の性分が強く出ているようで、特に上の二人は体力があり余っている。追いかけっこは頻繁で、夢中になると捕まえられないほど駆け足が速い。温和な川見や、それなりに気が長いほうだと思っていた冬雪自身も、たまに声を荒らげたくなるほどだった。

しかし耀仁は、駄目なことはきっちり叱るものの、ぜったいに三つ子を怒鳴ったりしない。厳しく叱るときも手は出さず、叱ったあとは必ず子供たちを抱き締めている。人間ができすぎていて、改めて冬雪は彼への尊敬を新たにしたほどだ。

冬雪がそう言うと、彼は照れたように首を傾げた。

「祖父さんに怒鳴られたり叩かれたりして育ってきたからかな」

誰も当主には歯向かえない中で、家から追い出されたり、逆に出られないように蔵に閉じ込められたこともあったりしたらしい。

「そういうこと、自分はぜったいにしたくないと思っていたから」

「でも、そう思っても、できる人ばかりじゃないです」

「そうだね、まあ三人もいると、正直なところ、頭にくることもなくはないけど……でも」

耀仁は自分にしがみついて、あどけない顔で眠る星哉に目を向ける。

「自分でも、こんな気持ちになるなんて思わなかった。我が子が、まさかこんなに可愛いなんて」

しみじみと言って、彼は熟睡している星哉の小さな頭を撫でた。

「本当に、子供に興味はなかったし、欲しいと思ったことなんて一度もなかったんだ。でも、君と出会って、心から僕との子供を欲しがってると知って、考えが変わった」

耀仁の手が、口を開けて寝ている煌希のほっぺたを撫で、指をしゃぶっている陽汰に布団をかけ直してやる。

「君のおなかにいるときから、不思議なくらい気持ちが変化した。生まれてからは、もっとだ。雪くんが命がけで産んでくれた僕たちの子だと思うと、可愛くてたまらない。純粋に愛しくて、ただただ、これからの人生を幸せに歩んでほしいと、心から思うよ」

彼は慈愛に満ちた目で我が子を見つめている。耀仁の気持ちの移り変わりを聞いて、冬雪は温かい気持ちになった。

ふいに彼が笑みを消した。

「……僕はさ、家業を継げっていう祖父の呪縛から逃れるために、芸能界に入った。だから、こんなこと言ったら傲慢に思われるかもしれないけど、どんなに金を稼いでも、たくさんの注目を集めても、特に幸せじゃなかったんだ。でも、そんなときに、君を拾って……僕の日常は、一変した」

耀仁の目が、じっと冬雪を見つめる。

「家の中を整えて、温かい美味しい食事を作って、いつも僕を待っていてくれる雪くんが、初めての気持ちをくれた。不思議と君のそばにいると心から安らげた。普通の家庭って、こんなに幸せなものなのかって驚いたよ。ずっとこの子がいてくれたらいいのにと思い始めたのは、同居を始めてけっこうすぐのことだった気がする。いつ好きになったのかわからないくらいに、自然と恋に落ちていて、気づいたときにはもう、君はかけがえのない人になってた」

冬雪の視界は滲む。大好きな耀仁の顔が、よく見えなくなった。

「……愛してるよ、冬雪くん。これからの人生は全部、君と、それから子供たちのために全部捧げるから」

冬雪にとって、彼らは初めて得た家族だ。

もしかしたら、両親を失い、長い間祖父とは相いれずにいた耀仁にとってもそうなのかもしれない。

「年を取って、よぼよぼになっても、僕とずっと一緒にいてほしい」

手を伸ばしてきた彼が、溢れた涙を拭いてくれる。

「ずっと、そばにいます」

よかった、と呟き、なんとも嬉しそうな笑みを浮かべた彼が、枕元に腕を突いて身を起こす。子供たちを起こさないように気をつけながら、彼は冬雪のほうに身を倒してきた。

冬雪も慌てて顔を向けて協力し、そっとキスを交わす。

冬雪の額にも口付けてから、彼はまた、すやすやと眠る子供たちの向こう側に戻る。

愛しい三つ子を間に挟んで守るように、耀仁が冬雪の手を握ってくる。煌希が少しもぞもぞしたけれど、またすぐに気持ちよさそうな寝息を立て始めるのにホッとして、二人で微笑み合う。

最愛の伴侶とおやすみと囁き合い、冬雪は幸せな眠りに落ちた。

END

＊　あとがき　＊

　この本をお手に取って下さり、本当にありがとうございます！

　こちらは二年前に出していただいた「救ってくれたのは超人気俳優でした」という本の続編で、俳優雨宮耀と出会い、結ばれた冬雪のその後のお話です。

　続きを書きたいと思っていたのですが、読んで下さった方やレビューやご感想をお寄せ下さった方のおかげで、こうして出していただくことができました。本当に感謝です。


　一作目で紆余曲折あって同居してから、冬雪はプロ並みの料理の腕前と、綺麗好きなところを耀仁に気に入られて、という始まりになっているのですが、もし料理も片づけも下手だったとしても、耀仁は冬雪を好きになったんじゃないかな？と思います。

（うまくできないことでも、冬雪は諦めずにそのときできることを一生懸命やろうとしたはずなので……）

　恋愛どころではなかった冬雪と、人を愛する気持ちを持てずにいた耀仁が、いろいろなことを乗り越えて家族（ポメ吉他）がいっぱい増えて、幸せになるお話です。

　耀仁の力が増すと式神を更に増やせるようになるはずなので、彼が不在のとき、家の中にモフモフのポメラニアンがわらわらしている状態になるのかも。その後の一家のあれこれももっと書きたかったなーと思います、書いていて本当に楽しいお話でした。

イラストを描いて下さった小禄先生、前作に続いて素晴らしいイラストを本当にありがとうございました！　表紙の美しさがすごいです……いつまでも見ていたいくらい可愛いふわふわのポメ吉たちがめちゃめちゃお気に入りです。どのイラストも本当に素敵で感涙でした。

担当様、毎回原稿が遅くて申し訳ありません。丁寧に見ていただき、無事に本にしていただけて、感謝の気持ちでいっぱいです。

この本の制作と販売に関わって下さった全ての方にもお礼申し上げます。

そして、この本を読んで下さった方、本当にありがとうございました！

改めてしみじみと、本を一冊、手に取って読んでもらえるってすごいことだなと思います。いつまで出してもらえるかわからないのですが、できれば書きたいことがなくなるまで書き続けたいので、応援してもらえたら嬉しいです。

ご感想がありましたらぜひぜひ教えてください。

また他の本でお会いできることを願って。

二〇二四年六月　釘宮つかさ【@kugi_mofu】

プリズム文庫をお買い上げいただきまして
ありがとうございました。
この本を読んでのご意見・ご感想を
お待ちしております!

【ファンレターのあて先】
〒153-0051 東京都目黒区上目黒1-18-6 NMビル
(株)オークラ出版 プリズム文庫編集部
『釘宮つかさ先生』『小禄先生』係

プリズム文庫

求婚してくれたのは超人気俳優でした

2024年07月30日 初版発行

著　者　釘宮つかさ
発行人　長嶋うつぎ
発　行　株式会社オークラ出版
〒153-0051 東京都目黒区上目黒1-18-6 NMビル
営　業　TEL:03-3792-2411 FAX:03-3793-7048
編　集　TEL:03-3793-6756 FAX:03-5722-7626
郵便振替　00170-7-581612(加入者名:オークランド)
印　刷　中央精版印刷株式会社

ISBN978-4-7755-3035-1